연희동 편집자의
강릉 한달살기

연희동 편집자의

강릉 한달살기

서울을 떠나면 알게 되는 것들,
강릉 한 달의 기록

글·사진 | 아뉴

왓어북

목차

서울을 떠나면 알게 되는 것들,
강릉 한 달의 기록

01

강릉에서
한달살기 시-작

엄마와 강릉으로 향하는 길이었다. 차에서 엄마가 "요새 자연산 광어가 싸대"라면서 계속 자연산 광어 얘길 하길래, 주문진항으로 곧장 달렸다. 아, 엄마가 운전했으니 엄마가 달렸다. 하늘은 푸르고 창밖으로 제법 짙은 초록색으로 변한 나무들이 보였다. 초여름이 시작되는 5월 31일 화창한 아침. 오늘부터 나는 한 달 동안 강릉살기를 시작할 터였다.

＊

시작은 Y의 카톡 메시지였다. 원래 Y는 선배 친구라 이름만 알고 지내다, 몇 년 전 다닌 카혼 클래스에서 우연히 만나 말을 텄다. 처음부터 공통 관심사가 많아서 수다가 끊이질 않았다. 할 말이 많아서 한 사람이 말을 끝내기 전에 상대방이 참지 못하고 말을 오버랩해 시작하기 일쑤였다. 당시 주요 주제는 연애 이야기였다. 삼십대 초반 싱글 여성들의 대화엔 이미 알 걸 다 알아버린(뭘?) 시니컬함이 있었고, 거기엔 적지 않은 19금 내용이 추가되었다.

  Y는 최근 몇 년 동안 이직을 네 번이나 했다. 이번에도 그녀는 퇴사를 준비하고 있었는데, 마침 강원도에서 한달살기 지원 프로그램이 있다는 소식을 전했다.

  "너 혹시 이거 같이 안 할래?"

  강원작가의 방. 강원도에서 문학과 예술을 하는 작가들에게 한 달간 숙소와 작업실을 지원하는 레지던시 프로그램이다. 6월 한 달 강원도라. 내가 강원도를 좀 좋아하긴 하지. 5년 전 친구들과 서핑 차 양양에 처음 갔다가 매해 한 번씩은 꼭 강원도에 놀러가고 있었다.

  레지던시 지역 리스트에는 춘천, 고성, 강릉, 태백, 속초 등이 있었다. 다 좋아 보였다. 춘천에는 소양호가 있으니 좋고, 태백은 산속에서 한 달 동안 있으면 힐링이 될 것 같았다. 하지만 모름지기 강원도라면 바다여야 하지 않을까? 마침 '파도살롱'이라는 곳이 눈에 띄었다. 강릉에 있는 공유 오피스로, 로컬 커뮤니티의 구심점이라고 했다. 강릉 로컬 커뮤니티와 공유 오피스라니. 뭔가 범상치 않은 일이 일어나고 있을 것만 같았다. 좋아, 여기로 정했어.

그러나 지원 마지막 날 약간 귀찮아서 가지 말까 고민하며 뭉개다가, Y가 재촉해서 지원서를 쓰기 시작했다. 이왕 쓸 거면 제대로 써야지. 강릉에 꼭 가야 하는 사람으로 빙의하고 열심히 써내려갔다. 일단 어디에 지원할 땐 습관처럼 최선을 다한다. 내 쪽에서 거절하는 건 괜찮아도 거절당하는 건 싫으니까. 12년 전 대기업 공채부터 이직과 각종 정부사업에 지원할 때도 그랬다. 그래서 그 합격 랠리 덕분에 행복했느냐는 조금 다른 얘기지만.

몇 주 뒤 발표한 합격자 리스트에 내 이름이 올라 있었다. Y의 이름은 없었다. 회사를 조금 더 다니게 되어 지원서를 내지 않았다고 했다.

*

주문진항에 도착했다. 평일이라 널럴한 주차장에 차를 대고 수산시장에 들어섰다. 비릿상큼한 바다 냄새가 풍겼다. 구획 정리가 깔끔하게 돼 있어 구경하기 편했고, 호객행위도 없었다. 조금 둘러보다 가장 인상이 좋은 아주머니께 물었다.

"광어 얼마예요?"

1kg에 3만 원. 둘이서 먹기 충분하다고 했다. 돌아다니면서 흥정하기 싫어서 그냥 달라고 했다. 아주머니가 물오징어 1마리와 멍게를 조금 얹어주었다. 정말 저렴하구나. 문득 노량진 수산시장에서 넷이 회를 떠서 술 좀 시키고 매운탕까지 먹었을 때 18만 원이 나왔던 게 기억났다. 주문진 수산시장에서는 1kg짜리 광어가 2만 5천~3만 원, 초고추장 간장 와사비 세트가 2천 원, 손질된 채소와 양념이 포장된 매운탕 재료 세트가 5천 원, 회 뜨는 데 4~5천 원이다. 포장해 가져가면 둘이서 4만 원에 회에 매운탕까지 배부르게 먹을 수 있다는 말이다.

회를 사들고 원룸에 도착하니 오후 12시 30분이었다. 주최 측에서 주소를 알려줬을 때 거리뷰로 본 낡은 상가였다. 방은 상가 2.5층에 있다고 했다. 2층도 아니고 2.5층이라니. 지역색인가? 큰 캐리어 하나와 이케아 플라스틱 장바구니를 들고 2.5층으로 올라갔다. 밥은 꼭 챙겨 먹으라고 엄마가 정성껏 담근 김치 두 종류와 밑반찬이 든 아이스백도 챙겼다.

"방 넓네! 열 명이서 자도 되겠다."

엄마는 방 넓이에 감탄했다. 원룸이 정말 넓었다. 이 방은 장기로 렌트하면 한 달에 월세가 35만 원이라고 했다. 서울과는 비교할 수 없는 금액이다. 심지어 강릉은 아파트 전세가도 저렴하다고 했다. 나중에 들은 얘기로는 초당동의 작고 낡은 아파트 전세를 2700만 원이면 구할 수도 있다고 했다.

오랫동안 비어 있던 방인지 바닥과 TV, 옷장에는 먼지가 수북했다. 바닥을 걸레로 대충 닦고 회를 바닥에 내려놓았다.

"엄마 이것만 먹고 갈 거야."

"뭐? 바로 간다고? 동네가 어떤지 궁금하지 않아? 딸 걱정 안 돼?"

"괜찮은 거 같던데 뭐~ 문 잘 잠그고 있어. 나 차 막히는 거 너무 싫어. 바로 갈 거야."

이런 상황에서 보통 엄마들은 딸이 걱정돼서, 혹은 한 달 동안 못 볼 테니 눈물이 앞을 가려서, 아니면 강릉까지 왔으니 구경하고 갈 셈으로 하루 주무시고 가지 않나. 그러나 고여사는 칼같았다. 고여사, 그러니까 우리 엄마는 사랑이 넘치고 마음이 따뜻한 사람이다. 내가 무슨 얘기든 다 털어놓을 수 있고 어떤 고민에도 명쾌한 답을 주는 현명한 엄마다. 그러나 한국 엄마들의 특징인 '희생'이라든지 '애절함' 같은 건 별로 없었다.

엄마이기 전에 독립적인 인간으로 존재하며, 크면서도 자식에게도 뭘 해라 마라 참견하지 않았다. 그래서 내가 이렇게 자유롭게 멋대로 크지 않았을까. 아빠도 못지않게 마이웨이이므로 유전자 탓도 있을 것이고.

엄마는 회를 다 먹자마자 핸드폰을 챙겨 집을 나섰다.

"엄마 간다~!"

멀어져 가는 흰색 아반떼를 바라보며 손을 흔들었다. 오랜
만에 느껴보는 기분이었다. 혼자 남겨진 기분.

♪ 오늘의 음악 ㅣ Pat Metheny – So It May Secretly Begin

02

리모트워크 베이스캠프
강릉 파도살롱

'한 달 동안 집과 작업실을 제공할 테니 개인 작업에 매진할 것.'

　　강원작가의 방 레지던시 프로그램이 참여자를 모집할 때 내건 조건이었다. 이렇다 할 결과물을 내지 않아도 괜찮다고 했다. 그럼 전혀 문제없었다. 정해진 곳에 매일 출근해 하던 일을 계속하면 되는 것 아닌가?

　　일요일 저녁, 어둑해지는 방 침대에 누워 네이버 지도앱을 켰다. 작업실로 배정된 공유 오피스 파도살롱은 집에서 2킬로미터 떨어진 거리에 있었다. 천을 따라 걷다가 중간에 다리를 한 번 건너면 되는 쉬운 코스. 매일 걸어 다녀야지. 그리고 출퇴근 때 달라지는 풍경도 사진에 담아야지. 매일 어딘가 갈 곳이 생겼다는 생각에 조금 설레었다.

　　회사를 탈출한 지 3년. 매일 아침 갈 곳 없는 신세가 되어 돌아보면, 회사 다닐 때 출퇴근 자체는 괜찮았던 것 같다. 책을 읽거나 좋아하는 음악을 들으며, 사람들을 구경하며 매일 어디로 가는 경험. 운 좋게도 다녔던 회사들이 너무 멀지도 않고 지옥철 구간을 절묘하게 벗어나 있어 고생하지 않아서 그랬던 것 같다. 매일 규칙적으로 이동하는 건 뭔가 발견하고 경험할 수 있는, 생각보다 많은 영감을 주는 행위라는 걸 아무데도 출근하지 않으면서 깨달았다.

가장 신났던 출근길은 3년 전 이맘때쯤 뉴욕에서였다. 당시 뉴욕에 있는 잡지사에서 한달 동안 일했다. 숙소는 맨해튼에서도 힙하다는 로워 이스트 사이드, 사무실은 메디슨 스퀘어 가든 근처 23번가. 아침마다 관광객이 아닌 출근하는 뉴요커의 삶을 느낄 수 있었다.

출퇴근길이 쾌적하진 않았다. 가본 사람은 알겠지만, 뉴욕 지하철은 정말 더럽다. 역사, 플랫폼, 선로, 열차, 의자 가릴 것 없이 더러웠다. 미국에 원인불명의 전염병이 돈다면, 분명 뉴욕의 지하철역이 그 근원지가 될 것이라 생각했다. 에어컨도 잘 나오지 않는 지하철을 탄 사람들의 얼굴이 피로해 보였다. 서울뿐 아니라 뉴욕 직장인들도 회사 다니는 건 그닥 신나지 않은가 보구나. 말해 뭐해, 만국 공통이겠지.

그러나 〈섹스 앤 더 시티〉에서 본 팬시하고 시크하고 패뷸러스한 뉴욕이 아닌, 이런 퀘퀘한 지하철과 살짝 쩔어 있는 사람들의 모습에서 삶의 터전으로서의 뉴욕을 더 생생히 느낄 수 있었다.

그리고 그것이 회사원으로서 내 마지막 출근길이었다.

✳

다음날 오후 두 시, 편한 청바지에 운동화를 신고 집을 나섰다. 근처에 대학교도 있고 아파트 단지도 있는데, 길에는 사람이 거의 없었다. 도로와 인도는 잘 닦여 있었고 아직 건물이 들어서지 않은 공터에는 푸릇한 풀이 자라 있었다. 자연과 함께하는 출퇴근길은 분명 좋은 기억으로 남을 것이다.

25분 정도 걸어 파도살롱에 도착했다. 철문 앞에 '파도살롱'이라고 쓰인 파란색 아크릴 입간판이 서 있었다. 상큼했다. 그런데 문득, 이름과는 달리 파도와 바다가 보이지 않는 게 이상했다. 시내에 있는데 이름을 왜 파도살롱으로 지었을까? 작명 프로세스에 대해 혼자 진지하게 생각했다.

'생각해보면 파도는 웨이브고, 웨이브는 어떤 사조나 트렌드를 지칭하기도 하잖아. 뉴웨이브처럼. 혹은 타동사로 쓰면 뭔가를 흔든다는 뜻도 되고. 꼭 바다와 연결 짓지 않아도 이름에 '파도'가 들어갈 수 있지. 나의 고정관념을 반성하자.'

파란 바다를 연상시키는 상큼한 입간판.

매주 6권의 하이라이트 도서를 선정해 진열하는 '파도의 시선' 코너.

파도살롱의 공용 업무 테이블.

내가 파도살롱에서 앉아 있던 고정석은 이 중 최고 명당이라 했다.

철문을 열고 2층으로 올라가니 업무 공간이 나타났다. 밖에서 본 허름한 철문과는 분위기가 완전히 달랐다. 60평 정도 되는 널찍한 직사각형 공간에, 테이블 간 자리는 다닥다닥 붙어 있지 않아 쾌적해 보였다. 볕이 잘 드는 곳에 비치된 푹신한 소파, 로컬 로스터리의 원두를 넣은 에스프레소 머신, 간단한 문구류와 프린터기까지, 업무에 필요한 것들은 다 갖추고 있었다.

그중에서도 서가가 마음에 들었다. 로컬 라이프, 커뮤니티, 디자인, 브랜딩, 창업, 여행 관련해 읽을 만한 책이 많았다. 나중에 물어보니 신중하게 구성한 큐레이션이라 했다. 매주 6권씩 엄선한 하이라이트 책들은 '파도의 시선' 코너에 진열되었다. 재밌어 보이는 책이 가득 꽂힌 서가를 보며 설레었다. 오전에 한 권 골라 두 시간씩만 읽어도 꽤 많이 읽을 수 있을 것 같았다. 그동안 밀린 독서를 여기서 채우고 갈 수 있겠구나.

소파 앞 테이블에는 꽃이 꽂힌 화병이 있고, 군데군데 놓인 초록 화분들이 상큼한 분위기를 조성했다. 전체적으로 깔끔하고, 효율적이고, 정돈되어 있었다. 이런 공간은 처음 인테리어에 공들인다고 저절로 유지되지 않는다. 매일 주의 깊게 살피며 조금씩 조정하고 또 조금씩 새로운 걸 채워넣고 뭔가를 빼야 최적의 상태가 유지된다. 생각보다 손이 많이 가는 일인데, 이 정도면 공간 매니저가 신경을 많이 쓰고 있다는 뜻도 된다. 이런 공간에서는 당연히 업무 효율이 좋지 않을까?

그리고 무엇보다 이곳에는 '사람'이 있었다. 파도살롱은 '지역에 새로운 물결을!'이라는 모토를 필두로 한 더웨이브컴퍼니의 젊은 직원들이 운영하고 있었다. 이들이 만들어내는 발랄한 바이브가 마음에 들었다. 공간의 활발한 느낌도 바로 이러한 에너지 덕분이겠지.

이렇게 나는 파도살롱을 강릉 생활의 베이스캠프로 두고, 강릉 이곳저곳을 활보하기 시작했다.

♪ 오늘의 음악　|　Toro y Moi - Ordinary Pleasure

03

금요일 오전,
해변으로 출근하는 길

금요일 아침. 눈을 떴는데 문득 바다가 보고 싶었다.

예전엔 마감이 코앞인데 일이 잘 안 되면 제주도로 훌쩍 떠나곤 했다. 제주공항에 내려 애월로, 협재로, 김녕으로, 세화로… 그날 땡기는 바다로 향했다. 그렇게 제주에서 1일 1바다를 하며 근처 카페에서 일하면 늘 기적처럼 마감을 맞출 수 있었다. 제주는 내게 행운의 섬이었다.

강릉에 와서는 바다를 자주 못 봤다. 시내에서 고작 6~7킬로미터 떨어져 있지만 차가 없어서 선뜻 가기가 어려웠다. 그렇지만 오늘은 꼭 바다를 보러 가야지. 카페에 앉아 편안한 마음으로 일하면 완벽한 금요일이 될 것 같았다.

그럼 어느 해변으로 가느냐, 이것도 고민이다. 네이버 지도앱을 켰다. 안목해변은 좋은 카페가 많지만 사람이 많아서 일하기는 좀 번잡할 것 같고, 송정해변 근처엔 변변한 카페가 없고, 사천해변까진 좀 멀었다. 그렇다면 강문해변? 강문해변 스타벅스의 바다 뷰가 근사하다는 얘기가 떠올랐다. 좋아, 강문해변으로 가자. 침대에서 벌떡 일어났다.

하나로마트 앞 정류장에서 버스를 기다렸다. 몇 번의 경험상 목적지에 맞춰 버스를 골라 타기보단 아무 버스나 잡아타고 시내까지 가서 다른 버스로 한 번 더 갈아타는 게 낫다. 그래서 아무 버스나 기다리고 있는데, 운 좋게 강문해변 근처까지 가는 버스가 왔다. 신나서 버스에 탔다. 경포고등학교에서 내려서 2킬로미터 남짓 걸어가면 되는 코스였다.

날씨가 점점 흐려져 비가 올 것 같았다. 경포고등학교 정류장에서 내렸다. 길에 사람이 아무도 없었다. 나름 고등학교도 있어서 시내일 줄 알았는데, 완연한 시골 풍경이었다. 비가 오기 시작했다. 빠른 걸음으로 걸으며 강릉에서 나고 자란 하니(@hani.onthewave)가 추천해준 이츠모라멘에 가서 뜨끈한 돈코츠 라멘을 먹어야겠다고 생각했다. 그런데 저 앞에 대지서점이라는 간판이 보였다. 언젠가 한번 들은 적 있었는데, 저기가 그곳이구나. 우산을 접고 서점으로 들어갔다.

"안녕하세요."

사람 좋아 보이는 사장님이 맞아주었다. 둘러보니 읽을 만한 책이 많았다. 신간과 베스트셀러, 스테디셀러를 고루 갖추고 있었다. 평소에 읽고 싶었던 책 두 권을 골라 카운터로 갔다. 사장님과 가벼운 인사를 주고받고는 책 이야기, 출판시장 이야기, 인터파크 송인서적(책 도매 업체) 부도 걱정, 강릉살이, 자식 이야기, 비혼 트렌드까지 수다를 떨다보니 어느새 40분이 지나 있었다. 재밌었지만 다리가 아프고 배가 고파서, 다음에 또 오겠다 인사하고 다시 길을 나섰다.

중간에 시골집도 지나치고 길고양이도 만나고 예쁜 카페들도 보았다. 비가 와서 더 운치 있었다. 그렇게 걷다가 이츠모라멘에 도착해 돈코츠라멘을 시켰다. 진하고 고소한 국물에 탱탱한 면발이 어우러져 맛있었고, 무엇보다 약간 쌀쌀했는데 뜨끈한 국물을 마시니 행복해졌다.

다 먹고 또다시 길을 걸어 드디어 강문해변에 도착했다. 스타벅스에 들어가 3층에 자리 잡았다. 창 너머로 파도가 아주 높게 치는 바다가 보였다. 사람들이 전부 바다 쪽을 보고 앉아 있었다. 나도 바다가 내다보이는 좌석에 앉아 노트북을 켰다.

높은 파도를 멍하니 바라보며 생각했다.

'아, 진짜 좋다. 근데 언제까지 이렇게 살 수 있을까?'

*

지금 내 삶에 거의 완벽히 만족했다. 내가 꿈꿔온 이상에 가까웠다. 내키면 어디론가 훌쩍 떠날 수 있는 삶. 한 달을 계획하고 왔어도 좋으면 두 달로 망설임 없이 연장할 수 있는 삶. 10년 전 사회생활을 시작한 이래, 돌고 돌아 내가 원하는 모습으로 살게 되었다. 하지만 현재에 만족하는 만큼 불안감도 커져갔다. 그러니까 '평생 이렇게 살 수 있느냐'는 거다. 지금은 출판과 외주 프로젝트 사이에서 균형을 그럭저럭 잡으며 나아가고 있지만, 언제까지 이렇게 사는 게 가능할까? 혹시 가라앉는 배에서 짧은 행복감을 느끼고 있는 건 아닐까?

창업한 사람들은 보통 처음부터 전력질주를 한다. 나는 오히려 회사에서 직원으로 일할 때 전력질주를 했다. 그때까진 뭔가를 열심히 하지 않는 법을 모르고 살았다. 열심히 하지 않는 게 더 어려웠다. 그래서일까. 어떤 상사가 말했다. "아뉴는 이마에 '열심'이라고 쓰여 있는 것 같아요." 그때 내가 매사에 좀 과하게 열심히 하나 보다, 하고 깨달았다.

열심히 하지 않기 시작한 건 역설적으로 개인사업자를 내고부터다. 회사생활에 번아웃이 온 건지, 왜 그렇게 열심히 살아야 하는지에 대한 본질적인 회의가 생겼기 때문이다. 죽기살기로 해서 사업이 잘되고 돈 많이 벌면 뭐할 건데? 무슨 부귀영화를 누리겠다고. 지금 이 순간 전부가 인생이고, 즐거운 일을 놓치기 시작하면 그 자체가 인생이 된다. 나는 이 모든 순간을 즐기고 싶었다. 가늘고, 길게. 따라서 일이 바쁘고 마감이 닥쳐도 일단 재밌는 제안이 오면 그걸 먼저 했다. 친구가 놀자고 하면 마다하지 않았다. 책 마감 직전엔 베트남 여행도 다녀왔다.

누가 "창업하고 잠도 못 자고 죽어라 했는데도 실패했다. 그러나 최선을 다했기 때문에 후회는 없다"라고 말하는 걸 들으며, '어쩌면 죽어라 쏟아부었기 때문은 아닐까' 하는 생각이 들었다. 조금씩 여지를 남겨두었으면 조금 더 버틸 수 있지 않았을까. 소중한 사람들과 시간을 보내고, 건강을 챙기고, 주변을 살피며 생각지 못했던 기회도 잡고 새로운 아이디어를 찾았다면 또 다른 돌파구를 찾지 않았을까. 인생은 마라톤이고, 진짜 기회는 한참 있어야 나타날 수도 있으므로. 결국엔 버티는 게 핵심이므로.

대지서점 사장님도 비슷한 생각이었다. 서점을 오랫동안 하면서 큰돈을 벌진 못했지만, 서점을 접는 건 생각도 못하겠다고 말했다. 부동산에서는 돈도 안 되는 서점 하지 말고 공간을 카페로 내주고 월세를 받으라고 한다. 하지만 사장님은 이런 삶이 좋다고 했다. 큰 욕심 없이 좋아하는 책을 맘껏 읽고, 손님들과 책 이야기를 나누고 좋은 책을 추천해주며 소소하게 돈을 버는 삶. 큰돈을 벌기보다는 자신의 즐거움을 놓치지 않는 삶.

비 오는 날에는 이츠모라멘에서 따끈하고 고소한 국물을 즐겨보자.

책을 사랑하는 강릉 토박이 사장님이 뚝심 있게 운영하는 대지서점.
규모는 작지만 책 큐레이션이 무척 잘되어 있다.

나도 그런 것 같다. 전력질주보다는 인터벌 달리기처럼 사는 게 내 성향에 맞는 것 같다. 우리 저자들이 책을 냈을 땐 함께 전력질주하고, 그 외 시간엔 숨을 고르면서 이런저런 기회를 모색하며 시야를 넓히고 천천히 가는 삶이 좋다. 정면만 보고 막 뛰기에는, 삶은 저 앞에 있는 목표가 전부는 아니므로.

♪ 오늘의 음악 | Sufjan Stevens – Should Have Known Better

04

강릉은 자주 오지 않고,
자주 닫는다

강릉에서 사는 것에는 별다른 불편함이 없다. 나름 21만 명이 사는 도시다. 올리브영도 있고, 스타벅스도 있고, 홈플러스와 이마트도 있고, 편의점도 널려 있다. 그렇지만 두 가지 치명적인 단점이 있다.

첫 번째 단점. 버스가 잘 오지 않는다. 집 근처 하나로마트 앞에 버스정류장이 있다. 대학교랑 큰 아파트 단지가 있어서 분명 이용자가 많을 텐데, 희한하게 버스가 잘 안 온다. 배차 간격이 버스당 평균 30~40분이고, 주말엔 운행하지 않는 버스도 있다. 심지어 하루 한 번, 그것도 아침 7시 30분에 오는 버스도 있다!

사근진해변에 혼자 놀러갔던 날도 마찬가지였다. 오후 7시가 넘은 시간이라 버스가 있을까 의심스러웠지만, 네이버 지도앱을 켜보니 버스 도착시간이 7분 후로 떴다. 보통은 버스가 지척에 있어도 '도착 예정 정보 없음'으로 뜨기 일쑤인데, 이렇게 확실히 7

분 있다가 온다고 하면 믿어도 되지 않을까?

'그녀를 만나는 곳 백 미터 전'의 가사처럼 두근대는 마음으로 7분을 기다렸다. 집까지 택시를 타면 만 원쯤 나온다. 고로 버스를 타게 되면 그건 거의 횡재에 가까웠다. 그 사이 네이버 지도 앱에는 도착시각이 7분이 5분으로, 또 3분으로, 그러다 다시 6분으로 바뀌더니 '도착 예정 정보 없음'으로 떴다. 뭔데. 사람 농락하는 거냐고. 신경질이 났다. 속으로 툴툴대며 카카오택시를 불렀다. 집에 도착하니 만이천 원이 나왔다. 원래 외식하려 했는데, 지출이 큰 하루였으므로 집에서 밥해서 김치랑 먹었다.

아무리 강릉'시'여도 중심에서 약간만 벗어나면 '버스는 안 오는 게 정상'이라고 생각해야 성질이 나지 않는다. 이런 이유로 택시를 자주 이용한다. 서울에서는 만취하지 않는 이상 택시는 안 타는데, 강릉에서는 웬만해선 그냥 택시를 잡는다. 다행히 택시비가 서울보다는 약간 저렴하고, 기사님들이 길을 샅샅이 알고 있어서 목적지를 얘기하면 내비 안 켜고 시원시원하게 데려다 주는데다, 친절하다.

탈 땐 '안녕하세요', '어서오세요' 인사하고, 내릴 땐 '잘 가요', '좋은 여행 돼요' 한다. 느낌상 그런진 몰라도 다들 느긋하고 점잖으시다. 한 기사님이 내게 성격이 똑부러진다느니, 하지만 이런 사람이 의외로 허당이라 손해 안 보게 조심해야 한다느니 어쩌고 했지만 어째 과도한 오지랖이란 생각은 들지 않았다. 중간중간에 은근슬쩍 말을 놓지 않았고, 다 좋은 의도로 하는 말이라는 게 느껴졌기 때문이다.

특히 여행 왔다고 하면 기사님들이 맛집을 적극적으로 소개해주기도 한다.

"기사님 추천 맛집은 어디예요?"

"아 (목적지에) 거의 다 왔으니까 빨리 받아적어요. 정화식당은 갈치조림이 맛있고, 횟집을 가려면 남애수산, 해미가, 대은횟집, 강문해변에선 현대수산횟집이 회 먹기 좋아요. 싸고. 아지매집에 가선 두루치기 먹어야 되고, 소담식당은 육개장이 맛있고."

두 번째 단점. 가게들이 문을 닫는 경우가 많다. 분명히 네이버 지도앱에서 운영시간과 휴무일을 보고 갔는데, 막상 가면 문이 닫혀 있는 경우가 허다하다. 일요일에는 영업을 잘 안하고, 평일에도 점심 장사만 하는 경우도 간혹 있다. 점심과 저녁 중간에 브레이크 타임이 있는 곳도 많다. 그래서 꼭 특정 식당에서 먹고 싶다면 미리 전화를 걸어보는 게 좋다.

오늘 일요일 아침에도 그랬다. 열시 반쯤 일어나 TV를 켰는데 슬슬 배가 고팠다. 어제 맥주랑 감자깡 한 봉지를 다 먹고 잤는데 왜 이렇게 배가 고프지. 일단 쌀을 씻어서 전기밥솥에 앉히

려 하는데 귀찮았다. 아, 누가 밥 안 해주나. 우렁총각 없나. 우렁총
각이 해주는 라볶이와 김밥이 먹고 싶었다. 우렁총각은 없지만 저쪽
에 분식집은 하나 봐뒀지. 대강 씻고 옷을 입고 길을 나섰다. 매일 출
퇴근길에 지나다니던 얌샘김밥으로 향했다. 지도앱으로 확인했
을 땐 매일 오전 11시부터 영업 시작이었다. 그런데 한참 걸어서 도
착해보니 문이 닫혀 있고 '일요일 휴무'라고 적혀 있는 게 아닌가. 황
급히 건너편 감자옹심이 식당을 봤더니 거기도 문이 닫혀 있었다.

돌아가는 길에 살펴보니 모든 식당이 문을 닫았다. 그래,
일요일에도 일하는 건 가혹하지. 서울에서도 핫한 상권에 살다보니
연중무휴에 익숙해, 사람은 쉬어가며 일해야 한다는 사실을 잊었
나보다. 애써 마음을 달래며 돌아다니다가 작은 분식집을 발견해
서 들어갔다. 순대와 떡볶이를 시켜 몇 점 먹지도 않았는데 화가 났
다. 이렇게까지 맛이 없는 떡볶이와 순대는 처음이었다.

아 기분 잡친다. 배는 고프니 꾸역꾸역 몇 개 더 집어먹고
미리 봐둔 관동대학교 정문 앞 카페까지 1킬로미터를 걸어갔다. 순
간 눈을 의심했다. 여기도 문 닫았다.

허탈하게 돌아서서 터덜터덜 내려가는데, 옆으로 소나무
숲이 보였다. 관동대 내에 조성된 숲이었다. 소나무들이 키가 길쭉
길쭉하게 컸고, 꽤 울창했다. 홀린 듯 숲으로 내려갔다. 숲에는 벤
치 몇 개가 띄엄띄엄 있었고, 그 앞 축구장에서 사람들이 축구를 하
고 있었다. 근처 벤치에 자리잡고 앉았다. 시원한 바람에 땀이 금

신들린 듯 글을 술술 써내려간 관동대 솔숲 벤치.
이 안에서는 여름에도 놀랄 만큼 서늘한 바람이 분다.

방 식었다. 이왕 이렇게 된 거 좀 쉬었다 가자.

　　멀찍이 떨어진 벤치에 할아버지가 앉아 계셨다. 숲을 즐기는 동지가 있어 다행이다. 옆에 가방을 내려놓고 핸드폰에 이어폰을 연결하고 음악을 틀었다. 그리고 메모장을 켜서 글을 적어내려갔다. 어제 완성했어야 하는 글인데, 진도가 잘 나가지 않아 중단한 상태였다. 한 시간 정도 술술 쓰다보니 어느새 완성되었다. 그래, 이런 글을 쓰려고 했는데 어제 너무 안 풀려서 못 썼지. 이거면 됐어. 브라보.

　　고개를 들었다. 축구하던 사람들은 이제 없었고, 옆으로 고개를 돌려보니 할아버지는 여전히 그곳에 있었다. 앞을 멍하니 보며 무슨 생각을 하시는 걸까? 문득 이어폰에서 흘러나오는 음악이 기분 좋고, 바람도 시원했다.

　　계획대로 된 일은 없었지만 원하는 대로 다 된 하루였다.

♪ 오늘의 음악　｜　김사월 - 세상에게

05

혼밥을 넘어
혼자 서핑하기

2015년부터 매해 강원도에 오고 있다. 시작은 서핑이었다. 첫 서핑은 짜릿했다. 5월 초, 해변은 이미 뜨겁고 바다는 아직 차가울 때였다. 그날 하루종일 서핑을, 정확히 말하자면 바다를 원없이 즐겼다. 바다에 빠지고 입으로, 코로, 귀로 바닷물을 흡입했다. 아무렴 어떠랴. 바다에서 실컷 놀다가 밤에는 고기를 굽고, 와인을 과하게 마셨다(건강했던 시절이다).

그해 이후, 그다음 해에도, 그다음 해에도 양양으로 서핑을 갔다. 이젠 '목욕탕'이라는 별명이 붙을 정도로 사람이 북적이는 죽도나 인구 해변이 아닌 한적한 동산해변에서 여유롭게 서핑을 즐겼다. 매해 서핑을 가도 매년 실력은 리셋되어 도무지 익숙해질 기미가 보이지 않았다. 매해 강습을 받고 대충 여러 번 바다에 빠지면서 보드를 타다가, 밤이면 마당에서 고기를 굽고 음악을 크게 틀고 놀았다.

＊

　　그로부터 5년이 지난 2020년, 오늘은 혼자 나섰다. 혼밥에 혼술도 하는데, 혼자 서핑을 못할 건 뭐람? 목적지는 강릉 사근진 해변에 있는 한 서핑숍. 강릉은 양양만큼 많진 않지만 서핑숍이 군데군데 있다. 집 앞에서 버스를 기다렸다. 강릉은 버스 배차 시간표가 놀랍도록 맞지 않는다. 배차 간격이 기본 30분 이상인 버스들이 배차 시간까지 맞춰 오지 않으면 답답해 죽는다.

　　그러나 오늘은 운이 좋았다. 정류장에 나가자마자 버스가 와서 중앙시장까지 간 후 경포해변으로 가는 버스로 갈아탔다. 강릉 다운타운에는 은행과 관공서 등 건물이 많이 들어서 있지만, 조금만 동쪽으로 달리면 이내 시골길이 나타난다. 동쪽으로 달리던 버스가 어느새 경포해변 앞에서 멈춰섰다. 내려서 보인 경찰서가 정겹게 느껴졌다. 경찰서가 정겹다니, 여지껏 잘 살아왔나보다.

　　경찰서를 지나 사근진해변까지는 1킬로미터 정도. 강릉인의 관점으로 매우 가까운 거리였다. 시기는 6월 말, 성수기가 슬슬 시작될 타이밍이었다. 들뜬 표정의 사람들이 삼삼오오 모여 거리를 즐겁게 걸어다녔다. 사근진해변으로 향하는 길 오른편에 바다가 시원하게 펼쳐져 있었다. 높은 파도가 철썩철썩 밀려들어왔다. 파란 하늘 아래 그보다 더 푸른 바다, 해변으로 부서져 밀려드는 하얀 거품처럼 여름다운 풍경이 또 있을까.

'슈퍼맨은 우주에, 경찰은 가까이!'
시민들을 든든하게, 그리고 위트있게 지켜주는 강릉시 경찰관들.

사근진해변으로 서핑하러 가는 길.
바다, 하늘, 소나무, 모래사장이 어우러진 완벽한 색감.

사근진해변으로 가는 길가에는 건어물 가게, 편의점, 테이크아웃 커피숍들이 늘어서 있었다. 휘황찬란한 횟집이 늘어서 있는 경포해변이나 고급스러운 카페가 많은 안목&강문해변과 달리, 사근진해변으로 가는 길에는 볼품없는 작은 가게가 대부분이었다. 작은 건어물 가게와 편의점, 밥집, 그리고 중간중간 폐업한 가게들도 보였다.

사근진해변에 도착해 근처 서핑숍으로 갔다. 이십 대 후반쯤 되는 직원이 웃으며 반겼다.

"어서오세요."

"안녕하세요. 보드랑 슈트 렌탈할 수 있나요?"

"강습은 안 들으시고요?"

"네, 렌탈만요."

낑낑대며 웨트슈트로 갈아입고 해변으로 나갔다. 뜨거운 아스팔트길을 건너 해변에 도착했다. 이 숍과 연계된 천막에서 보드를 받아 들고 바다에 들어섰다. 그런데 파도가 왜 이렇게 센 거지? 윈드파인더 앱을 보니 파도가 0.8~0.9미터였다. 양양 바다에서 파도가 장판(파도가 거의 없는 상태를 말한다)일 때나 타봤지, 이런 높은 파도는 처음이었다. 그래도 난 호기로웠다. 뭘 몰랐으므로.

'이 정도쯤이야 뭐.'

대자연의 힘은 엄청났다. 바람이 어마어마하게 불고, 파도
는 그보다 더 어마어마하게 컸다. 바다 쪽으로 패들링하면 바람 때
문에 오른쪽으로 계속 밀려났다. 애써 몸을 돌려 다시 패들링하
며 보드에 서려고 할 때마다 가볍게 쓰러져 바다로 고꾸라졌다. 그
렇게 두 번만 패들링＋업 자세(라고 생각했지만 엉거주춤 엉덩이
를 뺀 자세)를 취하면 몸은 이미 해변 근처까지 밀려나 있었고, 거
센 파도는 마지막 마무리로 나를 모래밭에 내리꽂았다. 내가 연약해
서가 아니다. 플라밍고 튜브를 타고 놀던 몸 좋은 젊은이도 거센 파
도에 밀려 모래사장으로 가볍게 내팽개쳐졌다.

그래도 4만 원이 아까워서 바다와 사투를 벌이다가 이러
다 오늘이 내 인생 마지막 날이 되겠구나 싶었다. 〈노인과 바다〉 찍
을 것도 아니고, 그만 접자. 보드를 들고 반납하러 걸어갔다. 그때 하
필 맞바람이 불었다. 태풍 뉴스 속보 장면처럼 고개를 숙이고 초속
1센티미터로 걸어가다가 2초씩 공중부양하고 뒤로 밀리길 수십 회.
드디어 보드를 반납하는 데 성공했다. 해변에 대자로 누웠다. 팔다리
가 욱씬거렸다. 안도감과 함께 눈물이 날 것 같았다. 엄마가 보고 싶
었다. '엄마.' 놀다가 지쳐 엄마를 찾는 삼십대 중반이라니.

서핑숍으로 돌아오니 두 시간이 지나 있었다. 완전히 녹

초 상태였다. 뜨끈한 물로 샤워를 하니 세상 개운했다. 뽀송뽀송해진 몸으로 카운터에 장비를 반납했다. 기를 쓰고 4만 원어치를 즐긴 내가 장했다. 그러면 당연히 상을 줘야지.

"생맥주 한 잔 주세요."

맥주 한 잔을 들고 앞마당 캠핑의자에 앉았다. 멀리서 바라본 바다는 평화로웠다. 그래, 넌 멀리서 봐야 예쁘다. 생맥주 한 잔에 몸이 노곤해졌다. 마당 인조잔디 위에서 놀던 강아지가 달려왔다. 한 손으론 강아지를 쓰다듬고 한 손으로는 맥주컵을 들고 마셨다. 진정한 이너피스는 바로 인조잔디 위 캠핑의자에 생맥주와 함께 있었다.

역시 강릉은 단짠단짠 최고 맛집이다.

♪ 오늘의 음악　|　Radiohead – High and Dry

행복은 더운 여름 시원한 맥주 한 잔에.

06

해변에서 와인 마시던
친구들은 어디로 갔나

2015년부터 3년 동안, 매해 여름 친구들과 양양에 가면 매년 같은 게스트하우스로 향했다. 이곳에서 며칠 머무르며 서핑을 했고, 제작년에만 서핑중독자 D를 따라가서 다른 곳에서 서핑을 했다. 은행 직원인 D는 서핑에 미쳐서 몇 년 전부터 여름 내내 주말마다 양양과 고성으로 서핑을 다니고 있다. 회사도 바쁜데 매주 서핑 원정대를 이끌고 다니는 걸 보면 저게 뭔 고생이냐 싶어도, 30대 중반에 열정적으로 사는 게 대단해 보인다. 상반신 탈의를 위해 노력한 흔적이 보이는 희미한 식스팩과 제법 탄탄한 가슴팍을 보며, 겉으론 비웃지만 속으론 진심으로 응원하고 있다.

올해는 편집자 K와 Y를 불러 함께 양양으로 떠났다. K는 짧게 다녔던 회사에서 만난 선배, Y는 강원도 레지던시 프로그램에 지원하라고 알려준 그 Y다. K랑 Y는 올해 초 강화도 당일치기 여행을 함께 다녀왔다. 그때 얼마나 재밌었던지 (아마도 그때 먹은 간장게장과 꽃게탕과 잔치국수가 너무 맛있었기 때문) 올해 여행을 한 번 더 가자며 약속했고, 5개월 만에 강원도에서 다시 만났다. 둘 다 서핑을 한 번도 해보지 않아서 이번 여행에 거는 기대가 컸다. 오전 10시, 강릉역에서 이들을 만났다. 우리는 미리 렌트해둔 메르세데스 올뉴 모닝에 짐을 싣고 바로 양양으로 달렸다.

"안녕하세요 사장님! 오랜만이에요."

동산해변에 도착해 매년 가던 게스트하우스에 들어서며 인사했다. 1년을 건너뛰었지만 사장님은 날 한눈에 알아봤다. 올 때마다 사장님과 술도 한잔했는데, 이 사장님은 내가 자기 막내이모를 닮았다면서 술을 따라주곤 했다. 이번에도 '막내이모 왔어?' 하면서 악수를 청했다.

서울에서 먼 여행지에, 친하진 않아도 친분 있는 사람이 있다는 건 즐거운 일이다. 덕분에 이곳이 단순한 여행지가 아니라 내가 아는 공간이 있는 특별한 곳이 되므로. 이 게스트하우스 덕분에 양양은 단순한 '서핑 스팟'이 아닌 '의미 있는 곳'이 되었다. 이런 곳에서는 우연한 만남이 오래 이어지거나 생각 못한 기회가 생기기도 한다. 이 때문에 난 떠나면 끝인 관광보다 한곳에 머물며 의미를 만들어보기를 좋아한다.

서핑 강습은 오후 1시 반. 강습을 들으러 보드를 들고 해변으로 나갔다. 우리는 뜨겁게 내리쬐는 태양 아래서 이론 강습을 듣고 모래밭에서 허우적대며 자세를 배웠다. 어쩜 매년 배워도 매번 새롭지. 패들링과 스탠드업, 테이크오프를 연습하고 바다로 출동했다. 바다에 파도가 거의 없어서 바로 일어나 중심을 잡았다. 역시 난 잘해.

의기양양하게 폼 잡은 것도 잠시, 곧 체력이 달리는 걸 느꼈다. 패들링이 힘들어졌다. 재작년만 해도 이러지 않았는데. 가열차게 시작했건만 금세 지쳐서 보드에 엎드려 둥둥 떠다녔다. 돈이 아까우니 중간중간 타는 시늉을 하다 두 시간 남짓 지난 후 보드를 들고 나왔다. 그래, 오늘은 이걸로 충분해. 돈값 했어. 너무 열심히 살지 않기로 했잖아. 샤워를 마치고 나오니 아직 해가 남아 있었다. 우리는 주변으로 산책을 나갔다.

양양은 좀 독특하다. 강릉에 비하면 완전 시골인데, 그 어디보다도 힙한 가게들이 많이 들어서 있다. 아마 서핑의 메카로 떠오른 이곳에 전국의 힙스터들이 모여들며 생긴 현상일 테다. 죽도해변 쪽에는 스타일 좋은 숍들이 늘어서 있어 동남아시아의 어떤 마을처럼 보인다.

한편, 이곳의 근본이 한국의 발리가 아닌 어촌 마을임을 말해주는 물적 증거도 군데군데 있다. 무너지지 않은 게 신기한 시골집, 녹슨 표지판, 마을회관 평상에 앉아 쉬는 어르신들, 낡은 여관과 모텔 같은 것들. 서울로 치면 문래나 을지로 같은 느낌이다. 근처

'범죄 없는 마을'이라는 표지판이 무서워 보이는 이유는 뭘까.

처음 게스트하우스에서 봤을 땐 애기였는데
그새 덩치가 엄청 커진 개 토르.

에 한화에서 대형 리조트를 짓고 있는데, 이게 양양의 모습을 어떻게 바꿀지는 좀 지켜봐야지.

　　오르막길에선 힘이 많이 딸리는 메르세데스 올뉴 모닝을 끌고 주문진 수산시장에 갔다. 회를 뜨고 하나로마트에 들러 술과 주전부리를 사왔다. 음식을 해변가 테이블에 차렸다. 바다와 회와 소주가 어우러져 근사한 한 상이 되었다. 동산해변은 죽도나 인구 해변처럼 붐비지 않는다. 저녁이 되니 해변에 사람이 하나도 없었다. 프라이빗 비치가 별거냐, 이게 그거지. 맑은강원 소주를 한 잔 하지 않을 수 없었다. 몇 년 전 알콜 알러지가 발병해 강제로 술을 줄인 Y도 오늘만큼은 절주가 안 되는지 연거푸 몇 잔을 마셨다.

　　우리 셋은 술 한 잔에 회 한 점을 번갈아 먹으며 조곤조곤 이야기 나눴다. 기분이 좋아서 별것 아닌 얘기에도 시종일관 낄낄댔다. 저쪽 테이블에서 켜놓은 90년대 가요를 들으니 몸이 들썩들썩댔다. 어깨춤을 추며 술이 아주 술술 들어갔다.

　　5년 전 처음 이곳에 왔을 때가 기억난다. 당시 친하게 지내던 여자 다섯이었다. 우린 2박 3일 동안 먹으려 했던 와인 8병과 맥주 몇 캔, 소주 2병을 첫날 다 마셨다. 그땐 모두 1인당 1와인+이 가능했다. 평상에 술판을 벌여놓고 서울에서 가져온 기타랑 우쿨렐레를 치고 춤추며 새벽까지 놀았다. 술과 음악만 있으면 세상 제일 행복하던 시절이었다. 이 멤버들과는 서울에서도 순대랑 떡볶이랑 와인을 차려놓고 음주가무를 즐겼다. 남자친구가 없어도, 미래가 보이지 않아도 행복했다.

그때는 이들과 영원히 이러고 살 줄 알았다. 실제로 몇 년은 즐겁게 놀았다. 그러나 좋은 순간도 결국 끝이 있었다. 어떤 계기가 있던 건 아니다. 각자 결혼하고, 직업을 바꾸고, 대학원에 진학하면서 삶이 바빠지고 자연스레 만남이 뜸해졌다. 여전히 가끔 모이지만 그 뜨거웠던 시절과는 달라진 걸 느낀다. 조금은 서글프다.

하지만 슬퍼하기보다 인생의 한 시절을 어울려 행복하게 지냈다는 것에 감사해야 하지 않을까. 우린 각자 살아가다 운 좋게 한 시절 합이 맞아 모였고, 즐거운 시간을 함께했다. 그리고 언젠가부터 길이 조금씩 갈라져 각자의 인생을 걸어가게 된 것뿐이다. 그렇다 해도 인생의 한 부분을 함께했다는 사실은 변치 않는다. 아마이렇게 살다가 언젠가 시기가 맞으면 그때처럼 또 어울릴 수도 있겠지. 그렇게 조금씩 부침은 있어도, 이들과 조금 더 가까워지고 멀어지면서 평생 이어지리라 믿는다.

그러고 보면 삶은 늘 똑같고 멈춰 있는 것 같은데, 문득 돌아보면 많은 게 변해 있음을 느낀다. 인간관계도, 커리어도, 삶을 둘러싼 환경도. 서글퍼하기보다 이 앞에 또 재밌는 뭐가 또 있을지 기대하며 걸어가야지.

All good things come to an end.

좋은 순간은 늘 끝나게 마련이므로, 할 수 있을 때 길게 즐겨야 한다.

♪ 오늘의 음악 | 쿨 - 슬퍼지려 하기 전에

07

다섯 번째 이직,
하와이 대신 강릉 여행

나로 말할 것 같으면 일어날 가능성이 높은 것부터 아주 희박한 것까지, 온갖 경우의 수를 상상하며 계획하기를 즐기는 사람이다. 때로는 실행보다 계획을 짜고 공상하는 행위 자체를 사랑하는 게 아닌가 싶을 정도로. 그러나 모두가 익히 알고 있듯 인생은 한 치 앞을 모르는 것이며, 그러므로 모든 일은 거의 언제나 계획대로 굴러가지 않는 법이다. 2020년은 누구도 예상하지 못했던 팬데믹의 시대. 많은 이들이 그랬겠지만 나 역시 계획했던 많은 일이 기약 없이 무산됐다. 여행책, 그것도 해외여행 가이드북을 만드는 팀의 에디터로 일하고 있었으니까.

거의 2년간 끌었던, 유독 힘들었던 하와이 가이드북 작업을 마무리짓고, 2월에 인쇄를 넘기자마자 거짓말처럼 국내에 코로나 환자가 발생하기 시작했다. 하루하루 확진자가 계속 불어나고 상황이 심상치 않게 돌아가던 당시, 아침에 일어나 뉴스를 틀 때마다 (안 좋은 의미로) 심장이 두근댔다. 진급 및 그동안 고생한 프로젝트의 포상 차원으로 회사에서 보내주기로 한 하와이 출장이 2주도 남지 않았던 것이다.

항공편이 하나둘 결항되고, 설령 간다 한들 2주간 현지에서 격리될 수도 있는 상황. 결국, 눈물을 머금고 하와이를 포기했다. 원고와 지도를 끝없이 수정하고, 로드뷰를 보며 어느 골목을 돌면 뭐가 나올지, 어디서 뭘 먹을지 상상하며 마음으론 벌써 열 번도 더 다녀온 하와이. 향후 코로나 사태가 해결되더라도 내 돈 주고 과연 갈 수 있을지 모를 하와이여 안녕….

구구절절한 과정은 생략하고, 결론만 말하자면 나는 회사를 그만뒀다. 그리고 3월의 하와이 대신(?) 6월의 강릉으로 갔다.

＊

장마 전이라 날씨도 기가 막혔고, 좋아하는 사람들과 함께한 강릉여행은 어떤 해외여행보다 즐거웠다. 코로나 탓도 있었지만 본격적인 성수기 전이라 어딜 가든 한적했다. 우리는 동화가든, 동해막국수, 형제칼국수, 테라로사와 버드나무 브루어리 등 평소라면 긴 대기시간이 필수였을 네임드 가게들을 거의 프리패스 급으로 누리고 다녔다.

무엇보다 만족스러웠던 건 수년째 버킷리스트에서 지우지 못하고 있던 서핑을 드디어 실행에 옮겼다는 점! 파도가 거의 없다시피 한 탓에 이미 몇 번의 서핑 경험이 있는 아뉴는 시시했을지 모르나, 나 같은 초심자는 잠시나마 보드 위에 섰다는(테이크오프라고 하기엔 양심이 찔릴만큼 잠깐이었지만) 성취감을 맛볼 수 있어 오히려 좋았다(이때 얻은 자신감으로 혼자 위풍당당 제주 바다로 떠난 나는 거친 파도에 여러 차례 머리를 얻어맞고 곧 그것이 강원도에서 맛본 찰나의 기적이었음을 깨닫고 겸허해진다).

그새 로컬 포스 충만해진 아뉴는 많이들 가는 안목해변이나 경포대 근처 강문해변 대신 송정해변으로 우리를 인도했고, 우린 눈이 시릴 정도로 새파란 하늘과 파도를 전세낸 듯 만끽했다. 깨끗한 모래사장 위에 벌렁 누워 누구의 눈치도 보지 않고 음악을 크게 틀어놓고 따라 흥얼거리던 그 시간은 지금 떠올려도 흐뭇해진다.

허나 고대하던 서핑을 배우고 친구들과 웃고 떠들면서도 오롯이 여행을 즐길 수만은 없었는데, 이직할 회사의 최종 오퍼레터를 기다리고 있었기 때문이다. 역시 인생은 계획대로 풀리는 법이 없어, 안전장치를 다 마련해뒀다고 믿었던 이직 프로세스의 스텝이 어김없이 꼬이고 말았던 것. 벌써 한참 전에 왔어야 하는 오퍼레터를 일주일 넘게 기다리던 초조한 마음이란…

지금이야 이렇게 웃으며 추억할 수 있지만, 당시에는 폰

이 울릴 때마다 메일이 왔나 싶어 온통 신경이 쏠리고 심장이 쫄깃해졌다. 오만 생각이 다 들었다.

'코로나 때문에 채용취소가 허다하다는데, 최종 오퍼레터가 안 오면 낙동강 오리알 신세가 되는 건가. 아무래도 희망연봉을 너무 세게 불렀나. 지금 인사팀이 고도의 밀땅 스킬을 시전하는 건가… 결국 이렇게 장기 백수가 될 운명이었나. 아냐, 그간 열심히 달려왔는데 차라리 잘됐어. 이 참에 나도 한달살기나 하며 사이드 프로젝트를 구상해보자.'

웃긴 건, 그 와중에도 지치지도 않고 열심히 플랜 B, 플랜 C를 구상하며 나름 그 상황을 즐기고 있었다는 거다. 사실 익숙했다. 구체적으로 계획을 짤수록, 그리고 대안을 마련해놓을수록 반드시 상상도 못한 삑사리(!)가 난다.

우여곡절 끝에 오퍼레터를 받고서야 온전히 여행을 즐길 수 있게 되었지만, 생각하면 할수록 강릉은 내가 추구하는 여행 스타일에 최적이었다. 아무 계획 없이도 훌쩍 떠날 수 있고, 애써 맛집을 찾아다니지 않아도 좋으며, 설령 기차를 놓쳤다면 그다음 기차를 타면 된다.

날씨가 나빠도 상관없다. 언제든 다시 올 수 있기 때문에, 어렵게 시간 내고 큰돈을 들여 떠난 여행이 아니기 때문에, 일정 중 닥치는 소소한 변수에 (똥줄타게 오퍼레터를 기다리고 있는 상황이 아니라면) 웃으며 금세 대안을 마련할 수 있다. 무엇보다 예전 제주처럼 강릉에는 젊은층이 막 이주하기 시작해 힙한 스팟들이 생겨나고 있고, 맛있는 커피와 빵을 파는 가게들과 책을 사서 즐길 수 있는 멋진 공간들이 곳곳에 있어 보물찾기를 하듯 소소한 재미를 느낄 수 있다.

강릉 외에 동해안을 끼고 주루룩 내려오는 아직 주목받지 못하고 있는 도시들은 소박하면서도 각각의 매력을 지니고 있다. 차가 없어도, 휴가를 길게 쓰지 않아도 훌쩍 다녀오기에 부담스럽지 않고, 물가도 서울에 비해 저렴해 한달살기와 리모트워크를 하기에도 적합하다.

*

서울로 돌아온 지금, 이직한 회사에 만족하고, 맡은 업무로 정신없지만 늘 그렇듯 난 새로운 가능성을 꿈꾼다. 언제까지 지금 회사를 다닐 수 있을지, 또 퇴사를 하면 다시 이직할지 창업을 할지 아무도 모른다. 어차피 열심히 계획해봐야 그대로 되지도 않을 것이다.

다만 업무가 익숙해지고, 또 스멀스멀 불만이 올라오며 현재의 선택을 후회하게 되는 순간(일명 권태기)이 찾아온다면, 아마 나는 주저없이 강원도행 기차표를 끊을 것이다.

맘 맞는 친구들과 함께여도, 혼자여도 좋다. 맛있는 커피와 빵을 먹으며 멍하니 바다를 바라보면, 파도를 타다 보면, 분명히 새로운 돌파구와 대안이 생각나며 또 계획이 떠오를 테니까. 그게 이번 여행이, 그리고 인생이라는 여행이 내게 준 교훈이다.

♪ 오늘의 음악 | 기리보이-계획적인 여자

08

강릉엔 경포대만
있는 게 아니다

지인들은 내가 "강릉에 있다"고 하면 "바다 보여?"라고 묻는다. 하지만 강릉은 인구가 21만이 넘는 엄연한 도시다. 그 많은 사람들이 다 해변가에 붙어서 살 순 없지 않은가? 물론 시내에서 차를 타고 동쪽으로 10분만 가면 바다를 볼 수 있다. 그것도 남북으로 이동하며 실컷 구경할 수 있다.

강릉에는 경포대만 있는 게 아니다. 예쁜 카페가 많은 안목해변, 약간 쓸쓸한 해변이라는 사천해변, 이름이 귀여운 순긋해변, 서핑 스팟 사근진해변, 스타벅스에서 보는 뷰가 근사한 강문해변… 강릉 해변들은 각각의 특색이 있다. 이들의 공통점이라면 날씨에 따라 바다색깔이 조금씩 변화하고, 백사장이 깨끗하고 넓다는 것이다. 해변 근처에 소나무 방풍림이 있어 더더욱 운치 있다. 하얀색과 파란색, 초록색이 절묘하게 어우러져 사진을 찍으면 기가 막히게 잘 나온다.

하지만 무엇보다 내가 생각하는 강릉 바다의 최대 장점은 너무 상업화되지 않았으면서도 있을 건 다 있다는 것이다. 해운대나 광안리가 해변계의 강남이라면, 강릉의 해변들은 연남동이나 망원동 같은 느낌이랄까. 자연 경관을 해치지 않으면서 오밀조밀 들어선 가게들이 특색 있는 분위기를 조성한다.

*

우선 가장 추천할 만한 곳은 '커피거리'로 불리는 안목해변이다. 원래는 남항진에서 송정으로 가는 마을 앞에 있는 해변이라는 뜻에서 '앞목'으로 불리다가 현재 '안목'이 되었다고 한다. 당시에는 작은 해안가 마을로 아는 사람만 아는 숨은 명소였는데, 현재는 규모가 큰 카페들이 들어서 있다. 사실 내부에서 보는 오션뷰를 내세우는 곳들이라 커피 맛은 아주 특별하진 않은데, 창 너머 바다를 바라보다 커피를 한 모금 호로록 하면 시간이 잘도 간다. 몇몇 카페에서 베이커리를 함께 운영하므로 빵이랑 곁들이면 든든한 오후를 보낼 수 있다. 특히 울릉도로 가는 배편을 운항하는 강릉항에 인접해 있어 몇 년 전부터 특수를 누리고 있다고 하니, 앞으로 사람이 더 많아질 것 같다는 예감이 든다.

안목해변에서 북쪽으로 1.5킬로미터 정도 걸으면 송정해변이 나온다. 내가 가장 좋아하는 해변이다. 주위에 상업 시설이 별로 없어서 더 해변 본연의 분위기를 느낄 수 있다. 군경계 철조망이 철거된 지 약 3년밖에 되지 않아서 그렇다는데, 앞으로는 이쪽에 카페와 숙박 시설이 많이 들어서지 않을까. 그냥 내버려두면 좋겠는데. 송정해변은 키가 큰 소나무들이 해변을 둘러싸고 있어, 돗자리를 펴고 누우면 마치 수목원에 온 것 같다. 물론 파도소리가 이곳이 해변의 일부라는 걸 계속 깨우쳐주긴 하지만. 캠퍼들이 좋아하는 캠핑장소이기도 하다.

여기서 더 북쪽으로 올라가면 강릉에서 가장 유명한 경포해변이 나온다. 보통 경포호(호수), 경포해변, 경포대(경포호에 있는 누각)를 통틀어 경포대라고 부른다. 경포해변은 무려 6킬로미터에 달하는 백사장이 펼쳐져 있어 강릉의 해변 중 가장 규모가 크고, 랜드마크인 씨마크호텔을 포함해 신식 호텔도 많이 들어서 있다. 또 경포중앙광장도 있어 문화적으로도 즐길거리가 많다. 그렇지만 유명세 때문에 강릉 해변 중 가장 많이 붐비고, 성수기에는 차와 사람이 뒤엉켜 복잡하다. 특히 밤에는 횟집 간판들이 너무 번쩍거려서 강릉 바다의 매력을 반감시킨다. 조금만 차분하고 조용해지면 좋을 텐데.

그 위로 올라가면 순서대로 사근진, 순긋, 사천, 하평, 영진 해변을 거쳐 주문진해변까지 갈 수 있다. 각각의 해변을 즐기는 방법은 아주 다양하다. 하지만 강릉 해변을 핵심만 즐길 수 있

씨마크 호텔 오솔길에서 본 바다 풍경.

안목해변 카페 AM 3층 창 너머로 내려다보는 모습.

해질녘 순긋해변.

는 방법을 묻는다면 이렇게 답하겠다.

"안목해변에서는 버거웍스에서 거짓말 좀 보태 얼굴 사이즈만 한 수제버거를 해체해서 먹은 다음, 근처 카페 AM 3층에서 바다를 바라보면서 멍때리면 돼. 강문해변에서는 GANGMUN이라고 만들어놓은 커다란 조형물 앞에서 사진 찍는 거 잊지 말고. 경포해변에서는 씨마크 호텔 로비를 통과해 근사한 경치를 즐기며 짧은 오솔길을 걸어내려올 수 있어. 씨마크에서 묵지 못한다면 아쉬운 대로 근처 경치를 즐겨보라구.

　　　　　사천해변은 새로 생긴 카페들도 좋지만, 그쪽 터줏대감 카페 카모메에서 푹신한 소파에 앉아 늘어져 있는 걸 추천해. 사근진해변에서는 허우적거리는 초보 서퍼들을 보며 바닷가에 발을 담그는 게 좋지(파도가 거센 날에는 서핑 절대 하지 마). 주문진해변에서는 좀 놀다가 주문진 수산시장에 가야 해. 회를 떠서 근처 양념집에서 소주랑 함께 먹고 매운탕으로 마무리하는 거야. 5~6만 원이면 둘이서 배 터지게 먹을 걸."

우리가 생각하는 파란 하늘, 푸른 바다, 하얀 파도의 원형을 강릉의 해변들에서 볼 수 있다. 전국민이 강릉엔 경포대 말고도 멋진 해변들이 더 많다는 사실을 알고, 특색이 다양한 동해바다를 두루 감상하는 날이 오길 바라며.

♪ 오늘의 음악 | UP-바다

09

퇴근하고 아무것도
안 하는데요

오후 여섯 시 반. 일을 마무리하고 자리를 정리했다.

"먼저 들어가볼게요."

퇴근길은 출근길보다 신난다. 저녁 땐 그리 덥지 않아서 남대천길을 따라 집에 걸어갈 수 있기 때문이다(낮에 이 길은 땡볕 작열이다). 남대천은 대관령 근처 오봉저수지에서 시작해 관동대학교 근처를 지나 강릉 시내를 가로질러 동해바다로 흘러나간다. 꽤 긴 천이다.

퇴근길은 이렇다. 파도살롱에서 나와 길을 건너, 6월을 맞아 들장미가 흐드러지게 피어 있는 길을 따라 한 150미터 걷는다. 그러면 내곡교가 나온다. 작은 차도를 한 번 건넌다. 이제 결정이 필요하다. 여기에서 왼쪽으로 틀어서 내곡교를 건넌 후 천 길로 내려가도 되고, 건너지 않고 바로 천 길로 내려가서 쭉 걷다가 마지막에 징검다리를 건너갈 수도 있다.

오늘은 전자를 선택했다. 내곡교를 건너며 멀리 보이는 풍경을 바라봤다. 천이 끝없이 뻗어 있고 저 멀리 산이 보였다. 쨍한 날에는 푸른 산이 선명히 보이고 습한 날에는 산등성이에 뿌연 구름이 껴 있다. 해질녘에는 흐르는 물 표면에 햇볕이 반짝반짝 반사된다. 천을 따라 바람이 시원하게 불고, 산과 석양이 어우러진 모습이 정말 근사하다.

쉼 없이 걸어오는 사람들을 마주하며 걸었다. 사람들은 혼자 걷거나 둘이 걷거나 강아지와 걷거나 혹은 조깅을 한다. 정자에서 쉬는 아주머니들, 운동 기구 위에서 허리를 돌리고 다리를 열심히 움직이는 아저씨들도 보였다. 서울 동네 홍제천에서도 볼 수 있는 풍경이지만 강릉이라 그런지 조금 더 여유로워 보였다.

만약 아까 내곡교를 건너지 않고 바로 내려온 상태라면, 1킬로미터 남짓 걷다가 징검다리를 건너게 된다. 가물 때는 천이 거의 말라 있어 징검다리 건너기 난이도가 최하지만, 비온 후에는 징검다리 표면까지 물이 찰랑찰랑해서 좀 무섭다. 비가 많이 오면 징검다리가 침수돼 건널 수 없다. 꽤 길게 조성된 징검다리를 건너다 보면 마주오는 사람과 마주치게 된다. 그럼 건너편 사람이 돌 세 개 앞까지 왔을 때쯤 멈춰 서서 먼저 가길 기다린다.

징검다리까지 건너면 거의 다 온 거다. 차도로 이어진 계단을 올라가면 아파트 단지가 나오고, 5분만 걸어가면 집에 도착한다. 도착해서는 쌀을 씻어 밥을 앉히고 엄마가 해준 반찬에 밥을 먹고 설거지를 한다. 이후에는 적당히 방 정리를 한다.

자 이제 뭘 할까?

별다른 일은 하지 않는다. 정확히 말하면 특별히 '생산적인 일'은 하지 않는다. 침대에 누워 핸드폰으로 루미큐브 게임을 하거나 책을 읽거나 영화를 본다. 그러다 씻고 불을 끄고 잔다. 알람은 맞추지 않는다. 아침에 저절로 눈이 떠질 때까지 푹 잔다.

*

몇 년 전까지만 해도, 정확히는 회사를 다닐 땐 퇴근 후 뭔가 해야 한다는 강박관념이 심했다. 스물다섯 살에 사회생활을 처음 시작했을 때부터 그랬다. 청춘이 아까우니 기를 쓰고 놀고, 세상은 만만치 않으니 자기계발도 열심히 했다. 퇴근 후 회사 사람이나 친구들과 모여 술을 마셨고, 주말에는 스터디와 인맥 쌓기에 매진했다(돌아보면 그다지 의미 있는 인맥은 없었다).

그리고 각종 취미생활을 섭렵했다. 회사 스트레스를 풀고 싶은 의도도 있었지만, 돌아보면 취미도 마치 스펙처럼 생각한 게 아닌가 싶다. 교양 있어 보이려고, 체력 증진을 위해, 미래가 불안하

강릉을 관통해 바다로 흘러들어가는 남대천.
강릉 시민들은 선선해지는 저녁이 되면
남대천을 따라 난 길을 산책한다.

니까, 게임 캐릭터 능력치 높이듯 취미 생활에 집중했다.

분야도 다양했다. 요가, 클라이밍, 발레, 독서모임, 영어회화 스터디, 밴드 활동, 락페 참여, 페스티벌 자원봉사, 우쿨렐레, 카혼, 스윙, 탱고 등. 심지어 한동안은 출근 전 매일 뒷산을 등산하거나 중국어 학원에 다녔다. 출근 전 뭔가 생산적인 활동을 한 날은 죄책감이 느껴지지 않았다.

물론 재미는 있었다. 관심사가 다양하고 뭔가 배우는 걸 좋아하므로. 그러나 어느 순간부터 배우는 순수한 재미와 설렘이 '나는 이러이러한 것도 하는 사람이야'라는 허세로, 나중에는 뭔가 하지 않으면 죄책감이 느껴지는 증상으로 발전했다.

이러한 생산성에 대한 강박이 사라진 건 마지막 퇴사 이후다. 1인출판사 운영과 프리랜서를 겸하면서 삶의 중심이 회사가 아니라 내가 되었다. 아침에 알람 소리가 아닌 밝은 햇살에 눈을 떴고, 컨디션이 좋지 않으면 일을 다음날로 미뤘다. 무엇보다 나만의 속도로, 눈치를 볼 필요 없이 나의 최선을 다하면 된다는 사실이 좋았다. 회사에서는 인정받고 예쁨받고 싶다는 마음이 커서 몸 상하는 줄도 모르고 상사 눈치를 보며 나를 갈아넣었고, 스스로는 괜찮다고 생각해도 이런 스트레스가 잔병치레로 나타났다.

이제 생활은 단순해졌고, 비로소 기를 쓰고 뭔가를 할 필요가 없어졌다. 어딘가에 매여 있지 않은 것만으로도 내 인생은 충만해졌으니. 사람들을 만나 떠들썩하게 놀지 않아도, 뭔가 강박적으로 배우지 않아도 불안하지 않게 되었다.

가장 싫어하는 것, 즉 회사를 인생에서 치워버린 후 비로소 마음이 고요해졌다. 다행이었다. 인생을 싫어하지 않아도 되어서. 일 끝내고 해변에서 파도 소리 들으며 회 한 접시, 맥주 한 캔으로 넉넉해지는 마음. 서울에서 다른 사람들은 얼마나 더 커리어를 쌓을지, 얼마나 중요한 사람과 인맥을 쌓고 능력치를 키울지에 대해 별로 관심이 없어졌다. 용기를 내어 회사를 놓지 못했다면 누릴 수 없었을 마음의 평화랄까.

이제 집에 와서는 생산적인 일은 하지 않는다. 꼭 생산을 해야만 의미 있는 인생이 아니므로. 그저 주변 풍경을 누리며 무사히 집으로 돌아오면 된다. 그럼 그날의 미션 완료.

♪ 오늘의 음악 ㅣ CHEEZE-퇴근시간

10

유유자적
1인출판사

강릉에서의 평일 루틴은 이렇다. 아침 여덟 시 반쯤 일어난다. 창문을 열어 날씨를 확인한다. 그날 땡기는 음악을 켜놓고 나갈 준비를 한다. 아홉 시 반쯤 집에서 나서 10분쯤 걷다가 중간에 파리바게트에 들러 에그타르트를 하나 산다. 다시 15분쯤 걸어 파도살롱에 도착한다. 에스프레소 머신에서 커피를 내린다. 에그타르트와 커피를 한 입씩 번갈아 먹으며 노트북을 켜고 업무를 시작한다.

오늘은 급한 업무를 처리하고 인터넷 뉴스를 보다, 문득 우리 왓어북 저자들의 안부가 궁금해졌다. 왓어북 저자들은 현재 부산, 군산, 광명, 뉴질랜드에 흩어져 살고 있다. 나까지 잠시 탈서울 한 상태니 더더욱 지방민으로서 연대가 끈끈해지는 느낌이다. 휴가철인데 다들 휴가는 다녀왔으려나? 이들이 글을 곧잘 올리는 브런치에 들어가 근황을 확인했다.

〈이렇게 된 이상 마트로 간다〉 김경욱 저자는 여전했다. 군산에서 마트를 운영하며 매일 퐈이팅하고 있었다. 어떻게 하면 사업을 더 잘할 수 있을지 경영서를 탐독하며 생각을 정리하고, 삶의 방향을 점검하며 고민을 멈추지 않았다. 역시 치열하고 멋지게 사는 경욱 님. 앞날이 무지개 길이길 바라며, 응원하는 마음으로 좋아요를 눌렀다.

이번에는 올 초에 출간한 〈엄마도 꿈이 엄마는 아니었어〉 김아영 저자의 글을 읽으러 갔다.

글 목록에서 보이는 제목에 가슴이 철렁했다.

"팔리지 않는 글에 대하여"

어떤 내용일지 예감하며 제목을 클릭했다. 긴 글을 천천히 읽어내려갔다.

"…한동안 글을 쓸 수 없었다…애초부터 글쓰기가 내게 금전적인 이유는 아니었지만, 작가라면 누구나 자신의 글이 많은 사람들에게 읽히기를 소망할 것이다. 두 번째 책을 출간한 이후 허탈함이 밀려들었다… 글쓰기에 대해 처음으로 느낀 회의감이었다. 많은 사람들에게 영향력을 줄 수 없는 글이라면 그저 다이어리에 지나지 않을까."

책이 생각만큼 많이 팔리지 않아서 많이 속상한 듯했다. 이걸 어떻게 얘기해줘야 할까. 시기가 맞지 않아서 그렇다? '아들 세 쌍둥이 잘 키우기'가 아닌 '엄마의 꿈찾기'라는 주제라서 타깃이 좁아서 그렇다? 아니면 … 책은 원래 잘 안 팔린다?

✳

책이 잘 팔리지 않아서 저자가 실망하고 나도 손해를 보는 일이 있어도 내가 계속 출판을 하는 이유는 무엇일까? 지금까지 내가 출판한 책들은 뉴욕 독립서점 탐방기, 스탠드업 코미디 개론서, 악필 교정 워크북, 동네 마트 운영기, 아들 넷 엄마의 꿈찾기 등이다. 분류상으로는 인문, 경제경영, 실용, 에세이를 넘나든다. 서점 직원이 '1인이 운영하면서 종합출판사를 꿈꾸는 거냐'며 농담을 던질 만큼, 특정 장르나 분야에 구애받지 않는다.

그러나 잘 살펴보면 일관성은 있다. 바로 저자들이 내가 공감하는 라이프 스타일을 가졌다는 것이다. 이 라이프 스타일은 인스타그램에서 #라이프스타일 을 치면 나오는 근사한 저녁상, 멋지게 차려 입고 외출하는 일상, 힙한 카페에서의 즐거운 한때가 아니다. 이보다는 정지된 사진 밖에서 쉴 새 없이 흘러가는 삶을 잘 부여잡고, 자신이 추구하는 방식으로 잘 나아가고 있느냐를 뜻한다. 때로

내가 발행한 책을 대형서점 전시 매대에서 본 짜릿한 기분.

는 초라하고, 많은 사람이 가지 않아 불안한 길. 스스로를 끊임없이 의심하며 점검하는 삶. 왓어북의 저자들은 생에서 모험을 자초하고 자기답게 살기로 결정한 사람들이다.

이렇듯, 난 남들이 '그렇게 살아도 돼?'라는 질문에 '그렇게 살아도 돼'라는 답을 보여주기 위해 책을 만든다. 스물일곱 살에 첫 회사를 퇴사한 후 줄곧 '남들과는 다르지만 남들만큼 살아가는 삶'에 꽂혀 있다. 우리 저자들도 각각 대기업 퇴사 후 지방에서 마트를 운영하고, 통역사를 그만두고 스탠드업 코미디언으로 변신하고, 아들 넷을 키우며 작가의 꿈을 이루는 등 각자의 길을 찾아가며 살고 있다. 중요한 건, 이들이 그저 제멋대로 사는 게 아니라 '세상이 옳다고 믿는 방식이 아닌 내 방식대로 해도 잘 먹고 잘살 수 있다'는 걸 몸소 증명하고 있다는 것이다.

나는 '돈은 중요한 게 아니다, 세속적인 굴레에서 벗어나자'고 말하고 싶은 게 아니다. 오히려 내가 잘할 수 있는 방식으로 해야 이러한 현실적인, 세속적인 목표를 성취할 수 있다고 믿는다. 한 치 앞도 가늠하기 어려운 세상, 핵심과 본질을 읽지 못하고 무작정 남들을 따라서는 어렵다. 내가 옳다고 생각하는 방향으로, 내 방식대로 가도 문제가 없다는 걸, 오히려 그게 더 낫다는 걸 증명하고 싶은 것이다.

이런 삶의 방식을 증명하고자 하는 마음이 내가 출판을 이어가는 원동력인 것 같다. 남들과 똑같이 할 필요는 없다는 것. 비

주류적 방식을 택해도 현실적인 목표를 달성할 수 있다는 것. 만약 내가 요새 유행하는 '경제적 독립과 일찍 은퇴하기'에 대한 책을 출간한다면 아마 기존의 책과는 사뭇 다른 내용이 될 것이다. 그러나 경제적 독립과 이른 은퇴를 가능하게 하는 본질적인 방법은 일러주겠지.

나도 책이 잘팔리면 좋겠다. 그러나 이미 잘나가는 책들을 참고해 토씨만 조금씩 바꿔 내는 건 못하겠다. 어설프게 흉내내느니 내 방식대로 완전히 다른 길을 제안하는 게 낫다. 책은 잘 안나갈 수도 있지만, 이 편이 누군가에게 제대로 된 도움을 줄 수 있다고 믿는다.

〈엄마도 꿈이 엄마는 아니었어〉 저자도 '안 팔리는 글'의 허탈함을 이야기했지만, 글의 끝에는 자신의 글을 기다리는 애독자에게 고마움을 표한다. 특히 시각 장애가 있는 독자가 자신의 책을 낭독 서비스를 이용해 몇 번이나 돌려 들었다는 이야기엔 나도 울컥했다. 작가로서 많은 사람에게 영향을 미치는 것도 중요하지만, 소수의 사람에게 꼭 필요한 위로를 주는 것도 의미 있다. 그런 저자들이 한 명 한 명 늘어날수록 세상은 더 좋은 곳이 되지 않을까.

♪ 오늘의 음악 | 그_냥 - 너의 밤은 어때

11

20세기 소년들의
폭풍같은 삶과
그 유산을 잇는 아이들

왓어북은 1인출판사지만, 일을 도와주는 분이 있다. 바로 내가 왓어북의 마스코트라고 우기는 L이다. 둘째가라면 서러워 할 고양이 성애자이며 광고와 영상을 전공한 실력자고, 내게 B급 유머와 짤을 알려주는 유머감각 넘치는 사람이다.

그와의 인연은 2019년 초에 시작됐다. 당시 나는 6회 브런치북 프로젝트 심사위원 자격으로 응모작들을 읽고 있었다. 그중 스타트업 창업과 실패기 〈별이 되어버린 나의 작은 회사〉가 눈에 띄었다. 기막힌 필력으로 풀어낸 그의 글을 보며 '이 사람과 함께 일하고 싶다'는 생각이 들었다. 당시 창업한 지 얼마 되지 않은 난 자신감에 차 있었고, L의 회사가 기울기 직전 비겁하게 도망갔다는 그의 공동창업자 대신 왓어북이 돈을 왕창 벌게 해주고 싶었다(이제 보니 망상).

용기를 내 그에게 메일을 보냈다. 그리고 만났다. 보자 마자 다짜고짜 제안했다.

"왓어북의 마케터가 되어주실래요? 저 잘할 거거든요."

간절하면 통한다고 했던가. 일면식도 없는 사람의 제안을 L은 흔쾌히 받아주었다. 그리하여 L은 지금까지 1년 넘게 왓어북의 마케팅을 도와주고 있다. 아직 그의 기여도에 맞는 성과를 보여주진 못했지만, 우리는 길게 갈 거니까(라고 혼자 생각하는 중).

✳

L은 2박 3일의 일정으로 강릉에 왔다. 해준 것도 별로 없는데, 여름 휴가라도 챙기고 싶은 마음에 주문진 씨스카이 호텔에 2박을 예약했다.

"안녕하세요 L! 와 차 뽑았어요? 멋지다!"

L은 이번에 르노삼성에서 나온 새 모델을 건물 앞에 대놓고 기다리고 있었다. 우리는 거세게 오는 비를 뚫고 테라로사 경포호수점으로 향했다. 테라로사 경포호수점은 라이브러리를 컨셉으

로 한 곳이다. 내부에 들어서자 높은 천장 덕분에 넓은 공간감이 느껴졌다. 정면에 크게 난 창문 밖으로 경포호가 시원하게 보였다. 천장까지 닿는 서재가 한층 멋들어졌다. 송정해변점은 숲을 컨셉으로 해 공간 전체가 솔숲에 둘러싸인 느낌이었는데, 이곳은 커피와 책과 고즈넉한 호수가 어우러져 나름 특색이 있었다.

비가 와서 테라스로 나갈 수는 없었지만 안에서 바라보는 걸로도 충분했다. 우리는 넓은 창을 바라보는 좌석에 앉아 비 오는 풍경을 보며 그간의 근황과 책 이야기를 나눴다. 1년이라는 시간이 정말 빠르게 흘렀다. 그동안 다섯 권의 책을 냈는데, 어떤 책은 생각보다 잘되기도, 어떤 책은 생각보다 잘 안 되기도 했다. 우린 최선을 다했으니 결과는 우리가 어쩔 수 없는 일이라고 얘기했다. 포기하지 말고 계속 해나가는 수밖에.

그새 배가 고파져서 테라로사를 나와 강문해변 쪽으로 차를 몰았다. 바다가 있는 고장에서는 회를 먹어야 하는 법. 그게 이처럼 비가 세차게 오고 바람이 엄청 불어서 덜덜 떨리는 여름날이라도 말이다. 난 L을 강문해변 부근에서 가장 가격이 합리적인 현대수산회센터로 안내했다. 근처 횟집들은 2인에 10만 원 이상씩 받는데, 이곳은 광어+우럭 2인 세트를 4만 원에 판다. 기본 찬에는 꽁치구이, 콘버터, 소라, 새우, 떡, 전복, 미역국 등이 포함되어 있어, 바다 앞 횟집 중 가성비는 가히 최고라 할 수 있다.

비가 와서 더 운치 있는 테라로사 경포호수점.

패키지 디자인도 예쁘고 맛도 좋은 테라로사 커피 드립백.

우린 다음에 출간할 아버지에 대한 에세이 마케팅 논의를 하다, 자연스럽게 서로의 아버지 이야기로 넘어갔다. L의 아버지는 어렸을 때 가난해서 부모님의 뒷바라지를 받지 못하셨다고 한다. 그러나 재능은 어디서든 빛을 발하는 법. 어린 나이에 직접 돈을 벌어서 산 책 한 권으로 바둑을 순수하게 독학했다. 그러다 열 살 무렵에는 동네에서 어른들도 상대하지 못할 만큼 폭풍 성장했다. 이 정도면 바둑 기사를 꿈꿔야 할 터. 그러나 형편이 어려워서 기사 교육은 꿈도 꾸지 못했다. 그러던 어느 날, 서울에서 바둑 대회가 있다는 말을 듣고 가까스로 차비만 마련해 대회에 출전했다.

전국에서 모인 바둑 수재들. L의 아버지는 너무나 긴장했다. 분투했지만 결과는 예선에서 탈락. 그런데 예선에서 만난 상대가 바로 이 대회의 최종 우승자였다. 그러니까, 예선에서 최강자를 만났던 것이다. 더 아쉬운 건 그가 수를 잘못 둬서가 아니라 너무 긴장해서 초읽기 소리를 듣지 못해 패배한 것이라고.

그의 재능을 알아본 한 심사위원이 서울에 가서 기사 교육을 받지 않겠느냐고 제안했다. 그러나 차비도 받기 어려운 집에서는 꿈도 꾸지 못할 일이었다. L의 아버지는 이 심사위원에게 겨우 차비만 얻어 집으로 돌아왔다. 그러고는 바둑에 대한 꿈을 접었다.

이후 20대 초반에 사업을 시작해 큰돈을 벌었다가, 믿었던 투자자의 사기로 막대한 손해를 보기도 하고, 또 이런저런 사업을 시작했다가 우여곡절을 겪은 후 현재는 나무화석 농원을 운영하신다. 이 '우여곡절'에는 얼마나 많은 이야기가 있을 것인가. 최소 40년에 걸친 이야기인데.

아버지에 대해서라면 나도 못지 않게 할 말이 많다. 우리 아버지도 20대부터 사업을 시작해서 아직까지 일을 하신다. 그 또한 긴 세월 동안 우여곡절이 많았다. 누구보다 질풍노도의 어린시절을 보냈고, 맨손으로 사업을 일으켜 크게 성공하기도, 크게 망하기도, 멋지게 재기하기도, 그러다 또 어려워지기도 했다. 현재는 60대 중반에 새로운 분야의 상품을 개발해 4년째 판매 중이다. 아버지의 불굴의 의지와 창의력, 기술, 끈기는 대단하다. '저런 사람만이 사업을 하는 거구나' 싶을 만큼.

그러고 보면 80~90년대는 격동의 시대였던 것 같다. 우리 아버지뿐 아니라, 친구들 사정을 들어보면 집마다 부침이 심하다. 한때는 다들 잘살았댄다. 이 친구들의 가정사에는 어김없이 사업, 떼부자, 사기, 보증, 배신, IMF, 빚, 빨간딱지, 경매 같은 단어가 포함된다. 심지어 사업이나 대출과 거리가 먼 공무원이었던 친구 아버지도 빚보증을 잘못 서서 온가족이 오랫동안 고생했고, 많은 재산을 상속받아 평생 돈 벌지 않아도 될 집인데 아버지가 굳이 투자한다고 나섰다가 여러 번 실패해서 온 가족이 힘들게 산 경우도 있다.

L과 아버지 이야기를 나누며, 우리가 사업을 시작했던 건 숙명이 아닌가 하는 생각이 들었다. 지루하지만 안전한 길이 아닌 고통과 불안정함, 리스크가 있는 길을 선택할 수밖에 없는. 유전자

의 힘인가, 보고 배운 게 그래서 그런가.

　　'넌 왜 얌전히 회사나 다니지 나와서 이 고생을 하냐'고 타박할 때마다 '그럼 이렇게 낳지 말았어야지. 아빠 닮아서 그래'라고 대답하면, 아버지는 떨떠름한 표정을 지으며 아무 말 못한다. 그 복잡미묘한 심정은 내가 자식을 낳아봐야 알 것인가 싶다.

♪ 오늘의 음악　｜　지바노프 - We(feat. 소금)

12

폭풍우에 대처하는
단 한 가지 방법

폭풍같던 서울 생활을 접고 고향으로 돌아온 지 벌써 1년이 넘었다. 풀벌레 소리 들으며 누워서 시간을 보내는 게 일상이 되어버렸다. 소도시에서의 삶은 여유가 넘친다. 굳이 경쟁하지 않아도 괜찮고 눈에 들어오는 건 콘크리트나 반짝반짝한 금속 재질의 무언가가 아닌, 풀과 하늘, 나무와 흙이 대부분이다. 보는 게 변하면 마음도 변한다. 시야에 여백이 생기니 마음에도 여유가 들어오기 시작했다.

내 마음이 불안해지기 시작한 건 얼마 전의 일 때문이다. 서울에서 사업을 하다 이 작은 도시에 내려와 사업을 하는 대표님을 만날 기회가 있었다. 어찌어찌 이어진 인연으로 밥을 먹게 되었는데 대화의 방향이 이상했다. 서울에서 사업도 하고 번듯하게 일하던 화이트칼라가 관련 직종 하나 없는 이 시골에 내려온 이유를 궁금해했다.

서울 친구들은 여전히 만나는지, 만나면 어떤 이야기를 하는지, 말은 통하는지, 업계 정보는 어떻게 받아보는지, 어떤 공부를 하고 있는지, 뒤처지는 것에 대한 불안감은 어떻게 해소하는지 등을 물어왔다. 가만 들어보니 나를 '경쟁에서 낙오해 이 먼 곳까지 도망친 사람' 정도로 보고 있는 것 같았다.

　　무례하다고 생각했다. 그런데도 뭐라 하지 못했다. 그 무례한 질문이 부정할 수 없는 걸지도 모른다는 생각 때문이었다. '나는 왜 여기 있는 거지.' 분명 열심히 살았다. 다시 없을 만큼 열심히 달리다가 이건 도저히 사람이 사는 게 아니라고 생각했다. 내 소중한 날들이 그런 악착같은 시간에 희생되는 게 싫었다. 그런 생각이었을 뿐인데, 이 모든 게 혹시 패배자의 변명은 아닐까.

　　집에 오는 길에 내 마음속 어딘가가 허전해졌다. 이렇게 느긋하게 살아도 되는 건가. 혹시 나는 여기서 취미생활이 아니라 공부거리를 찾았어야 하는 게 아닐까. 인생에서 재미를 쫓는 게 아니라 개발거리를 찾아야 하는 게 아닐까. 혹시 지난 1년이, 남들이 흔히 말하는 거대한 시간 낭비가 되어가고 있는 건 아닐까.

　　정말 오랜만에 새벽 늦게까지 잠을 이루지 못했다.

＊

그날, 선배가 물었다.

"여러분은 항해사야. 바다로 나갔는데 엄청 큰 파도가 몰려
오는 걸 봤다고 쳐요. 그럼 어떻게 해야 할까요? 파도를 피
해야 할까요? 정지하고 파도가 지나가길 기다려야 할까요?
아니면 유턴해서 파도보다 먼저 도망가야 할까요?"

그는 업계의 대선배였다. 광고에 발을 들인 지 얼마 안 되
었을 무렵, 카피라이터가 되겠다며 눈을 반짝이는 병아리 학생들과
함께 그의 특강을 들었다. 그는 최근에 읽은 감동적인 책 이야기를
해주겠다고 했다. 특이하게도, 책 제목은 〈항해사 시험 기출문제집〉
이었다.

"정답은 조금 복잡해요. 키를 몇 도 돌리고 엔진이나 기계
를 점검하라는 등등. 그런데 단순하게 말하면 그냥 '정면으
로 돌파하라'는 거예요. 돌아가거나 도망치는 게 아니라 파
도를 향해 똑바로. 도망치는 게 오히려 위험하다는 거죠.
배가 뒤집힐지도 모르고.
       그런데 나는 이 문제를 좋아합니다. 역경에 똑바

로 대처하는 자세. 멋진 비유라고 생각했어요. 나중에 제가 항해사 한 사람을 실제로 만날 기회가 있어서 슬쩍 물어봤습니다. 풍랑을 만났을 때 정말 이렇게 하느냐고."

＊

그 대표님을 만난 후, 그냥 있자니 불안해서 뭐라도 할까 하고 이것저것 잡다하게 일했다. 한번은 서류작업 할 게 생겼다. 몇 번이고 고치며 며칠을 컴퓨터 앞에서 매달렸다. 사실 금방 끝날 일이었지만 빨리 끝내고 싶지 않았다. 며칠을 미적거리며 지우고 쓰고, 지우고 쓰고를 반복했다. 그저 키보드를 두드리는 일 자체로 예전에 정신없이 살던 기분을 깨우고 싶었다. 하지만 그래도 불안과 위화감은 수그러들지 않았다. 마음이 더 조급해졌다.

그러던 차에 아뉴에게 연락이 왔다. '강릉에 놀러 오지 않겠냐'고 했다. 내가 필름 사진을 찍고 있다는 사실을 아는 아뉴가 강릉에 놀러와서 바다도 보고, 안반데기에 올라 은하수 사진을 찍어보지 않겠냐며 물었다. 내겐 매력적인 제안이었다. 탁 트이는 바다와 은하수를 보면 갑갑한 마음이 혹시 나아질까 싶었다.

강릉으로 향했다. 그런데 하필이면 가는 날부터 장마란다. 일정 내내 비가 온다고 했다. 내가 겪어온 불운의 역사를 탓하며 그냥 비오는 바다라도 보자는 마음에, 차를 어딘가 사람 없는 해변에 대고 트렁크를 열고 걸터앉았다.

　　그냥 멍하게 앉아 있으니 생각이 많아지고 다시 머릿속이 복잡해졌다. 나는 억지로라도 달려야 하는 게 아닐까. 그렇게 정신없이 부딪히며 살았는데 이렇게 느슨해져도 괜찮을까. 더 열심히 살아야 하는 건 아닐까.

　　나는 혹시 돌이킬 수 없는 거대한 패배 한가운데 있는 게 아닐까.

*

　"그 항해사님 말씀이 재미있었습니다. 풍랑을 만나면 머리로는 어떻게 해야 하는지 알고 있대요. 그런데 바다에 나가서 집채만 한 파도를 만나면 머릿속에 있던 게 다 날아간대요. 이성적인 판단을 할 수가 없죠. 그럴 땐 딱 한 가지만 기억한다고 합니다. 마스트, 그러니까 갑판에 수직으로 세운 돛대의 불빛을 보는 거요."

　그가 목소리를 바꾸어 그 항해사 흉내를 내며 말했다.

파도가 거세게 치는 바다를 보면 온갖 기억이 몰려온다.

"파도에는 방법이 없습니다. 거대한 자연앞에서 우리가 할 수 있는 건 많지 않아요. 그저 갑판 어딘가에 몸을 묶고 매달려 마스트의 불빛이 향하는 곳을 바라봅니다. 그리고 방향을 잃지 않게 확인하며 나아갈 뿐입니다. 파도는 언젠간 멈추거든요."

그는 말을 이어갔다.

"재밌지 않나요? 역경을 대처하는 자세에 특별한 게 없다는 것. 그런데 이걸 뒤집어 생각해보면 말이에요, 역경이 없을 때의 자세 또한 다르지 않다는 말이잖아요? 파도는 우리가 어떻게 할 수 없어. 우리는 한낱 인간인데 그걸 어떻게 해. 그저 가야 할 방향으로 가고 있나 확인할 뿐이지."

*

강릉에 며칠 머무르며 바다를 봤다. 비가 오고 바람은 거셌고 파도도 간간이 크게 쳤다. 옛날 일들이 떠올랐다. 광고를 처음 시작했을 때, 광고를 너무 좋아해서 오히려 광고를 그만둘 수밖에 없게 만든 그 사람의 수업도 생각났다. 그래, 비가 오고 파도가 높고 은

하수가 안 보이는데 그걸 어쩌란 말인가. 그런 건 살면서 내가 어쩔 수 없는 것들이지 않은가.

그저 흘러가는 대로 묵묵히 살다보면 아마 가끔 파도도 치고 잔잔한 망망대해도 만날 것이다. 집채만큼 큰 파도여서 마음속 뿌리까지 흔들릴지도 모르고, 너무 넓은 바다여서 한없이 지루할지도 모른다. 그러나 그때마다 어떤 바다를 그리워한다면, 그건 내가 있는 바다 탓이 아니라 내가 방향을 잡아야 할 마스트 불빛을 보지 못한 탓일 것이다.

나는 지금 패배하는 게 아니다. 아니 애초에 삶은, 세상은 지고 이기는 게임이 아니다. 비록 이전과 같이 내 삶을 아득바득 살아내는 중은 아니지만 나는 여전히 나아가고 있다.

이렇게 뻔한 비유가 더 크게 마음에 닿을 때도 있구나. 해변에서 사정없이 부서지는 큰 파도와 멀리 잔잔해 보이는 바다를 보며 좀 더 편안해진 마음으로 생각했다.

♪ 오늘의 음악 ｜ 민수-괜히

13

두 여자의 거침없는
강릉 하루여행

오래 만나 친해지는 사이가 있고, 단번에 서로를 알아보고 친해지는 사이도 있다. 서른 살 넘어서는 후자의 경우가 압도적으로 많았다.

3년 전, 한 독서모임에서 P를 처음 만났다. P는 한 시간쯤 늦게 도착해 사람들 사이를 헤집고 들어가 앉았다. 이미 모두가 자기소개를 끝낸 시간. 모임장이 P를 불러 자기소개를 부탁했다. 사람들 앞에 선 P는 자신을 이렇게 소개했다.

"저는 한 대기업을 7년 다니다 퇴사했고요, 현재 목표는 백수 생활을 최대한 오래 지속하는 겁니다."

와우. 예쁘게 생겨서는 은근히 강단 있는 스타일인가 보다. 그녀가 궁금해졌다. 뒤풀이 자리에서 그녀 옆에 앉았다. 우리는 짧은 대화를 나누며 서로 동갑이고, 안정적인 직장을 때려치웠고, 그밖에도 많은 공통점이 있다는 사실을 알았다.

그중에서도 우리의 핵심 공통점은 음악과 페스티벌이었다. 페스티벌 성애자인 나 못지않게 많은 페스티벌에 다닌 P. 우린 서로를 모르던 시절부터 자주 비슷한 시간에 같은 공간에 있었다. 친해지고 싶어서 약간 과하게 '맞아, 나도'를 연발한 건 인정하지만, 공통점이 많은 건 확실했다. 우린 번호를 주고받았다. 그날 난 야간산행 모임이 있어 자리에서 일찍 일어나야 했다.

"반가웠어 P, 다음 모임에서 봐!"
"그래, 산행 잘 다녀와!"

그러고 나서 P는 이후 독서모임에 한 번도 나오지 않았다. 고로, P와의 관계는 한 번으로 끝날 수도 있었다. 그러나 우리는 가늘게 연락을 이어가며 가끔 만났고, 나중엔 내 대학 동창이 P의 고등학교 동창이라는 걸 알게 돼(대한민국 좁은 건 알지만 매번 놀랍다) 따로, 또 같이 종종 보게 되었다.

*

    P가 강릉에 놀러왔다. 딱 8시간 있다 돌아가는 일정이라 쏘카를 빌렸다. 보통 비수기에는 사설 렌터카 업체들이 저렴한 값에 렌트를 해준다. 업체마다 다르지만 강릉에서 성수기가 아닌 평일에는 12,000원이면 올뉴 모닝을 12시간 렌트할 수 있다. 하루에 만 원꼴이라니! 조수석에 P를 태우고 동쪽으로 차를 몰았다. 메뉴는 무더워진 날씨에 걸맞은 초계국수. 우리의 목적지 오월에초당은 강릉역에서 차로 10분 거리에 있었다.

    도착해서 아담한 정원을 지나 식당에 들어섰다. 간판에 '허영만의 식객 국수편에 나온 집'이라고 적혀 있었다. 제대로 찾아왔네. 안쪽 테이블에 앉아 초계국수와 멸치국수를 시켰다. 멸치국수도 맛있었지만, 초계국수가 일품이었다. 국물이 새콤하고 시원하고 혀에 착착 감겼다. 면발도 쫄깃했다. 새콤하고 시원한 게, 없던 입맛도 돋을 만했다. 3년 전 독서모임에서 본 그 P와 강릉에서, 이 화창한 날에, 시원한 국수를 먹다니. 비현실적이었다.

    기분 좋으니까 계산은 내가 해야지. P의 성격상 자기가 낸다고 할 것이므로, P보다 내가 먼저 계산대로 가야 했다. 정신없이 일어나서 급히 계산대로 가려는데, 발목이 뭔가에 걸렸다. 느낌이 좋지 않았다. '이거 넘어지겠는데? 어떡하지?' 몸이 앞으로 기우는 순간, 머리를 빠르게 굴렸다.

'넘어지지 않을 방도가 없을까? 진짜 여기서 넘어져야만 하는가?'

0.3초간 머리를 굴린 결과 넘어지는 건 불가피하다는 결론에 도달했고, 결국 옆으로 추하게, 그것도 팔을 휘저으며 시끄럽게 넘어졌다. 식당이 고요해졌다. 사람들이 놀란 표정으로 쳐다봤다. 그렇게 심각한 표정을 하면 내가 너무 부끄럽잖아요. 아픈 동시에 너무 창피하고 웃겼다. 난 미친년처럼 웃기 시작했다.

잠자코 지켜보던 남자 알바생이 밴드를 들고 다가와서 손수 밴드를 붙여주…는 줄 알았는데, 테이블에 밴드를 탁 놓고 계산대로 돌아갔다. 창피해 할 상대를 위한 쿨한 배려였던 것 같다. 근데 나이들어서 그런지 이젠 넘어지면 누가 적극적으로 신경써줬으면 하는 마음을, 이십대들은 모르는 것 같다. 얼마 전에도 베스킨라빈스 가게 유리가 너무 깨끗해서 머리를 심하게 박았다. 머리를 감싸쥐고 앉아 있는 날 보며 알바생들이 119 불러야 하나 수근댄 거 같은데, 막상 내게 괜찮냐고 물어보진 않아서 속상했다. 물론 멀쩡은 했지만. 여튼 부러지거나 부서진 곳은 없으니 다행이었다. 난 역시 튼튼해.

그리고 P는 소원대로 내가 계산하게 가만 두었다. 휴.

우리는 식당을 나와 송정해변 테라로사에서 커피를 마시고, 사천해변에 있는 카페 카모메로 자리를 옮겨 커피를 두 잔째 마셨다. 카페 카모메는 2012년에 처음 방문한 곳이다. 당시만 해도 사천해변에는 아무것도 없었다. 이 카페가 해변에 들어선 유일한 카페였던 것으로 기억한다. 쇼파 좌석 옆 창으로 바다가 내다보였다.

몇 년 전에도 지인들과 오대산 산행 후 바다를 보러 왔다가 이 카페에 앉아 펑펑 오는 눈이 잦아들기를 기다렸다. 우린 아늑한 실내에서 쓸쓸해 보이는 겨울 바다와 함박눈을 쳐다보며 차를 마시고 놀았다. 그리고 지금, 같은 자리에 P와 앉아 바다를 바라보고 있었다. 여름을 맞은 야외 데크에는 노란색 비치 파라솔이 꽂혀 있었다. 청록색 바다와 잘 어우러졌다.

이곳에 처음 왔을 때 나는 스물 여덟이었고, 지금은 서른 여섯이 되었다. 이곳도, 나도 똑같은 것 같은데 돌아보면 그렇진 않다. 그땐 미래에 대해 갈피를 못 잡던 대학원생이었는데, 8년 후 난 강릉에서 내키는 만큼 머물면서 일하고 돈도 벌고 있다. 스물 여덟의 내가 이 미래를 엿보았다면 어떻게 생각했을까? 아마 흡족해했을 것이다.

'오호 미래의 나, 아주 잘하고 있어.'

솔숲에 둘러싸여 상쾌하고 고요한 분위기를
조성하는 테라로사 사천점.

사천해변의 터줏대감 카페 카모메.
소박하고 아기자기한 바다 경치를 감상하며 느긋하게 쉴 수 있다.

완벽히 만족하는 삶도 아니고, 계획을 다 이루지도 못했다. 그러나 결과적으로는 내게 최적의 삶으로 가까워져가는 중이다. 의도치 않았지만 그렇게 되고 있다.

아, 그리고 P는 2020년 8월 기준으로 여전히 백수다. 그녀의 멋진 인생에 치얼스 -

♪ 오늘의 음악 | Daft Funk - Something About Us

14

나는 왜 너를
사랑하는가

상대에 따라 주로 나누는 대화 주제가 달라진다. P와는 주로 음악, 책, 인생, 사랑 같은 것들에 대해 말한다. 누군가와는 간지러워서 하지 못할 대화들. 아마 우린 사고의 흐름이 비슷하고, 생각이 다르더라도 인정할 수 있기에 가능할 것이다.

예쁘고 매력 있는 P는 인기도 많고, 내가 알기론 썸도, 남자친구도 적지 않게 있었다. 그런데 그런 그녀가 올해 결혼한다고 한다. 난 늘 궁금하던 게 다시 궁금해졌다.

'결혼은 어떻게 결심했을까?'

상대방의 외모, 인성, 경제력 수준은 각자 기준이 있을 테니 그렇다 쳐도, 결혼의 기본적인 전제 – 그러니까 서로가 오직 상대방만 바라보고 헌신할 수 있겠단 확신은 어디서 오는 걸까?

✳

　이십대 후반, 가족만큼 믿고 가까웠던 연인이 있었다. 아마 결혼을 한다면 얘랑 하지 않을까 하는 생각이 들 만큼. 그런데 그놈은 헤어지기 전 무려 3개월 동안 양다리를 걸치고 있었다. 그걸 내가 캐물은 끝에, 게다가 내 생일 아침에 실토하는 바람에 내 이십대 마지막 생일은 엉망이 되었다. 얘랑 사귀면서 가족 외에 누군가를 전적으로 믿을 수 있다는 걸 처음 알았고, 그 믿음이 가볍게 즈려밟힐 수 있다는 것도 알았다.

　그날 아침 난 핸드폰을 붙잡고, 지금 생각하면 수치스럽게도 삼류 드라마 주인공 같은 대사를 치고 있었다.

　　"그 사람 사랑해?"
　　"아니."
　　"그럼 너한테 난 뭔데?"
　　"소중하고, 좋아하는 사람."

　뭔 개소리야. 소중하고 좋아하는데 왜 바람을 피워. 변명은 줄줄이 이어졌다. 그 여자랑은 어쩌다가 그렇게 됐고, 진지하게 사귈 마음은 없으며, 좋아하지도 않고 나 좋다니까 만난 것뿐이다. 그러면서 자신을 용서하라고, 그건 본인이 아닌 나를 위해서 하는 말이라고 했다.

어이가 없었다. 그런데 그 개소리들이 전부 거짓인 줄 알았는데 그놈은 나와 헤어지고 그 여자랑도 더 이상 만나지 않았다. 그리고 거의 1년이 흐른 후에 새 여자친구가 생긴 걸로 알고 있다.

몇 년이 지난 후 배신감은 흐릿해졌고, 대신 그 메커니즘이 궁금해졌다. 왜 사람들은 누군가와 진지하게 만나면서도 동시에 다른 사람을 욕망할까? 소중한 사람이 옆에 있는데도.

그럼 만약 사람이 다 이렇다고 하면, 애당초 결혼이 성립할 수 있을까?

※

P가 강릉에 오기 얼마 전 인스타그램 DM으로 이런 이야기들을 나눴고, P는 프랑수아즈 사강의 소설 〈슬픔이여 안녕〉을 추천했다. 난 그 자리에서 책을 주문해 읽었다. 이 소설에는 매력적인 40대 남성 레몽과 그에 못지않게 자유분방하게 사는 십대 딸 세실, 레몽과 결혼을 원하는 이지적이고 아름다운 여인 안, 젊고 예쁘지만 그다지 똑똑하진 않은 여성 엘자가 나온다.

스토리는 이렇게 진행된다. 레몽이 엘자와 가볍게 만나던 중, 안이 이들의 여름 별장에 찾아온다. 레몽은 안이 지적이고 아름다운 데다, 자신이 원하는 사회적 위치와 이에 필요한 조건을 채워줄 거라 기대해 안과의 결혼을 결심한다. 그러나 레몽은 결혼을 결정하고도 젊은 엘자에게 계속해서 끌린다. 결국 레몽은 엘자의 유혹에 넘어가고, 모두의 관계는 파국으로 치닫는다.

이 책을 읽으면서 아무리 완벽에 가까운 사람이 곁에 있어도, 상대방이 가지지 못한 단 하나의 장점까지 취하려 욕심부리는 게 인간이라는 생각이 들었다. 그건 상대방이 얼마나 좋은 사람인가와 관계 없이, 그 자신의 취약한 면이나 비뚤어진 욕망 때문이라는 것도. 그래, 〈부부의 세계〉에서 이태오도 말했잖은가. 아내 지선우와 불륜녀 여다경을 동시에 사랑한다고.

"내가 미치겠는 건, 두 사람을 동시에 사랑한다는 거야!"

모두를 빡치게 했던 이 대사가 진심일 수 있겠다는 생각이 들었다. 오직 한 사람만 사랑하는 게 어떤 사람에겐 어려울 수 있다. 그리고 대다수가 자신은 그런 사람이 아니라 말하지만, 막상 이런 상황이 닥쳤을 때 신의를 저버리는 사람도 많다. 그럼 사랑은 결혼에서 유일한 조건은 아닐 것이다. 사랑은 있다가도 없어지고, 두 갈래로 갈라질 수도 있으므로. 그렇다면, 이 모든 가능성과 위험성에도 불구하고 '이 사람을 내 배우자로 맞아야겠다'는 생각이 드는 포인트는 뭘까?

P에게 물었다. 앞으로 더 좋아지는 사람이 생길지도 모르는데, 이 사람에게 정착해야겠다고 느낀 포인트가 무엇인지 궁금하다고. 그러니까 '결혼은 어떻게 결심했느냐'고. P가 대답했다.

"혹시 신형철이 〈씨네21〉에 쓴 글 봤어? '나의 없음을 당신에게 줄게요'라는 제목의 글인데. 난 여기서 말하는 사랑이 내가 생각하는 사랑에 가장 가깝다는 생각을 했거든. 결혼을 결심하게 된 이유기도 해. 쾌락은 끝이 없고 결코 충족되지 않는 목마름이니까 쾌락만을 추구하면 필연적으로 불행하잖아. 그러나 결핍으로 엮인 사랑은 안정적이고 지속가능하다는 말에 너무 공감했어. 따라서 내게는 쾌락을 주는 사람이 아니라, 내 결핍과 슬픔을 보여줄 수 있고 이해해주는 사람이 필요하다는 걸 알게 됐지. 어떤 사랑도 상대의 결핍을 채우지는 못하지만, 적어도 그 결핍을 서로 드러내고, 나누고, 존중하고, 어루만지는 것으로 위로받을 수 있다는 걸 깨달았어.

난 딱 내 그릇과 용기에 맞는 사람과 결혼하는구나, 라고 생각해. 겉보기에 남들은 잘 모를 수 있는 너무 큰 구멍과 찌질함이 있는데 그걸 가감없이 보여줄 수 있는 사람을 선택한 것 같아. 이런 사람이 흔치 않다는 걸 알기에 의리를 지키려는 거고. 이 부분은 내가 생각하는 그의 멋짐 때문이야. 난 딱 내 수준에서 내가 가진 그릇만큼 사는 것 같아."

이 얘기를 듣고 신형철의 글을 찾아봤다. 길지만 군더더기 없고, 아름다웠다. 그동안 사랑의 본질에 대해 고민한 지점을 명쾌히 풀어내는 글이었다. 이런 대화를 나누며 내 속에 있던 해묵은 의문과 감정들이 비로소 정리되었다. 이젠 알 것 같았다. 결핍과 사랑의 관계, 그리고 결혼을 결심하는 마음에 대해.

아마 진정한 사랑은 나와 상대방의 결핍을 온전히 알고, 서로가 그것을 얼마나 위로해줄 수 있는지에서 비롯될 것이다. 그래서 마침내 그런 사람을 만난다면, 살면서 무슨 일이 있어도 서로의 곁을 꿋꿋이 지킬 수 있을 것이라 믿는다.

♪ 오늘의 음악 ┃ Bon Iver – Skinny Love

15

두 여자의 거침없는 강릉여행,
다른 여자 시점에서

미친 날씨였다. 파란 하늘에 구름 한 점 없는 강릉의 여름 은 은밀하거나 의뭉스런 모든것을 낱낱이 햇볕에 널어 바싹 말려버 릴 것 같이 정직하고 청결한 느낌이었다.

재즈를 듣는 독서모임에서 알게 된 친구를 만나러 강릉 에 갔다. 한 달에 한 번 보는 모임이었는데, 내가 한 번만 나가고 그 만뒀기에 사실상 딱 한 번 봤는데도 우리는 친구가 됐다. 친해지고 나서 알고보니 그녀의 대학 동창이 내 고등학교 동창이었다는 건 한국에서 흔한 이야기.

어쨌든 우린 지난 3년간 분기에 한 번꼴로 꾸준히 연락을 주고받았고, 비슷한 음악적 취향으로 가까워져서 주로 콘서트 에 같이 갔다. 홀리데이랜드 페스티벌, 자라섬 재즈페스티벌, 그리 고 본 이베어의 내한공연.

✳

강릉역에 내리자마자 바로 화장실로 달려가느라 출구에서 날 기다리고 있던 그녀를 보지 못했다. 화장실에서 나와서 그녀를 보는 순간 – 며칠전 〈슬픔이여 안녕〉에 관한 대화를 나눈 탓일까 – 그녀가 꼭 프랑스 여자처럼 보였다. 조그만 얼굴에 탈색한 노랑머리와 앞머리가 특히. 강릉에서의 재회는 생각보다 특별했다.

"꺅 잘 지냈어??"

호들갑스럽게 인사를 하고 들뜬 마음으로 렌터카 픽업 장소로 걸어갔다. 햇빛이 강한 날이었다. 강릉은 미세먼지가 주는 몽환적인 빛의 굴절현상을 누릴 수 없는 동네였다. 모자와 선글라스 없이는 눈을 똑바로 뜨기 어려운, 모든 것이 선명하고 밝은 풍경이 왠지 생소했다.

그녀는 흰색 모닝의 문을 열었다. 둘이서 한나절 강릉을 쏘다니기에 딱 좋은 차였다. 그녀가 운전대를 잡았다. 그녀가 운전하는 차를 두어 번 타봤는데, 그녀는 확실히 운전할 때 말이 많다(자신감이 충분치 않을 때 말이 많아지는 편).

"자 이제 (벨트를 맨다) 벨트를 매고 … (시동을 건다) 시동을 걸고 … (핸드폰 내비를 검색한다) 내비를 켜고 … (룸미러를 조정한다) 출발합니다아~ (자신감에 찬 표정으로 나를 본다) 혹시 더우면 얘기해요!"

그렇게 야무지게(하지만 약간은 떨며) 시동을 걸고 우리는 점심을 먹으러 출발했다. 점심은 내가 제안한 국수집에서 먹기로 했다. 이국적인 뿌리채소(이름은 기억나지 않는다)로 담근 장아찌가 인상적인 국수집이었다. 나는 따뜻한 멸치국수, 그녀는 초계국수를 시켰다. 국수를 먹으며 서로의 근황과 강릉생활에 대해 대화를 나눴다. 우리는 느슨한듯 친밀하게 연결된 사이기에 만나면 별의별 얘기를 다 털어놓는다.

음식은 담백하고 깔끔했다. 식사를 마치고 대화를 나누다 보니 뒤에 기다리는 손님들이 있었다.

"이제 일어날까? 커피 마시러 가자."

둘은 거의 동시에 손에 카드를 들고 일어섰다. 그 순간 그녀가 먼저 계산을 하려고 계산대로 뛰어가려다가 사선으로 놓인 테이블 다리에 걸려서 바닥에 꽈당 하고 넘어졌다. 순식간에 일어난 일이다. 꽤 세게 넘어졌기에 얼른 부축해서 의자에 앉히고 얼굴을 보니 그녀는 울고 있었다. 아니, 처음에는 우는 줄 알았는데 사실은 거의 꺽꺽대며 자지러지게 웃고 있었다. 놀란 종업원이 달려와서 물었다. "괜찮으세요?"

그러자 나의 악동은 순식간에 표정을 바꾸며 대답했다. "아니요, 죽을 뻔했는데요."

나는 그 순간 거의 죽을 뻔하게 그녀가 좋아졌다.

*

아뉴는 다시 씩씩하게 모닝에 시동을 걸고 해안도로를 달려 바다와 소나무 숲이 동시에 보이는 테라로사로 나를 데려갔다. 강릉의 좋은 점은 바닷가 카페가 많다는 점이다. 바닷가의 소나무 숲은 청량하면서도 우아한 멋이 있었다. 나는 단순하고 힘찬 바다보다 다양한 형태와 빛으로 고요히 둘러싸인 숲을 훨씬 더 좋아해서, 바닷가를 거닐자는 그녀의 제안에 번번이 딴청을 피우며 "나중에"라고 얼버무렸다.

하지만 소나무숲에 둘러싸인 그 카페에서 바다의 참매력을 알 수 있었다. 바다가 없으면 그 숲속 카페는 외딴 느낌, 고립된 느낌, 정체된 느낌을 지울 수 없을 것 같다. 통유리창 너머로 소나무 숲과 바다가 보였다. 카페가 자리잡기에 이보다 완벽한 장소는 지구상에 없을 것 같았다.

나는 따뜻한 라떼를, 그녀는 아이스 라떼를 마셨다. 커피가 나오자 아까 해안도로를 달리며 나누던 주제를 이어갔다. 커피를 다 마시고 대화하던 주제가 마무리되자 갑자기 멍해졌다. 핸드폰 시계를 보니 저녁을 먹기 전까진 아직 두 시간 이상 남아 있었다.

만약 혼자였다면 그 카페에서 죽치고 앉아서 쉬었겠지만, 누군가와 함께일 때는 빈 시간을 견디지 못한다. 대화를 이어가거나 다른 계획을 세워야 하는데, 새벽같이 일어나서 기차를 탄 탓이었는지 갑자기 피곤이 밀려왔다. 딱 30분만 잤으면 좋겠다고 생각했지만 당일치기 여행에는 그럴 여유가 없다. 좋아, 카페인 폭탄으로 이 고비를 넘겨보자.

"난 커피 한 잔 더 마시려고 하는데. 넌?"

졸린 눈을 부릅뜨며 지나치게 생기있게 말하려 애쓴 내 제안에 그녀는 말했다.

"좋아! 아니면 다른 데로 옮길래? 가끔 가는 곳이 있어."

카페에서 차로 걸어가는 동안 잠이 쏟아졌다. 소나무 그늘에 주차를 했는데도 차 안은 후텁지근했다. 십 분 정도 달려 도착한 사천해변에는 샛노란 파라솔과 나무로 된 데크가 인상적인 작은 카페가 있었다. 강릉의 유명 바닷가 카페들이 대부분 으리으리한 이층 건물이라 그런지 아담한 단층 건물이 특별하게 느껴졌다. 관광객은 오지 않을 것 같은, 하지만 조용히 커피를 즐기고픈 단골 손님이 많을 것 같은 그런 느낌의 카페.

카페는 테이블이 다섯 개 정도에 일본 가정집처럼 아기자기하게 꾸민 예쁜 곳이었다. 평일 낮이라 그런지 손님은 우리밖에 없었다. 딱 하나밖에 없는 오션뷰의 창가 소파자리를 차지하고 커피를 주문하자 만족감이 밀려왔다. 나는 드립커피를, 그녀는 과일에이드를 주문했다. 음료가 아직 나오지도 않았는데 카페의 분위기에 들뜬 우리는 활기를 되찾아 대화를 다시 시작했다. 그녀가 먼저 말을 꺼냈다.

"사강 책 정말 좋더라."

우리는 사강과 〈슬픔이여 안녕〉의 악동 주인공에 대해 이야기 나눴다. 소설에 대한 대화는 점점 깊어져 삶의 태도와 가치관, 결혼에 대한 이야기로 이어졌다. 타인에 대한 신의, 자신에 대한 정직성, 자연스런 욕망과 그것을 다루는 우리의 태도에 대해 이야기했다. 그러고 보니 어릴 땐 목숨도 바칠 것처럼 소중히 여겼던 가치가 지금은 부질없어 보이기도 했고, 학습되고 강요된 관습이라고 생각했던 어떤 덕목이 지금은 오히려 가장 자연스러운 인간의 감정처럼 느껴지기도 했다.

　　사강의 소설은 각자의 욕망이 어떻게 내면에서 발생하고 무르익고 튀어나가 타인에게 영향을 끼치는지를 보여준다. 어릴 때 이 소설을 읽고선 자유분방하고 매력적인 주인공에게 완전히 매혹됐다. 이 소설에서 타인의 감정을 소중히 여기라는 교훈을 얻거나, 철부지 주인공이 성숙해가는 성장소설로 받아들이는 건 마치 선량하고 정직하지만 자신의 욕망에 대해 털끝만큼도 모르는 모범생의 지루한 감상이라고 생각했다.

　　그러나 강릉의 카페에서 그녀와 대화를 나누며, 나는 스스로 그 관점에 변화가 생겼음을 감지했다. 이제는 내가 타인을 상처 입히기를 두려워하고, 타인에게 상처주지 않기 위해 내 욕망을 숨기고, 심지어 자신조차 속이는 데 익숙해졌다는 걸 깨달았다. 그것이 인류애건 타인에 대한 두려움이건 또는 나 자신의 나약함 때문이건, 내 모든 감각이 타인에게 깊이 공감하는 쪽으로 발달해왔음을 알았다. 그리고 그녀는 내 이런 욕망과 감정에 대해 안심하고 대화할 수 있는 사람이었다.

　　우리 둘은 일어나지 않은 일에 대해 깊이 이야기했다. 아마 앞으로도 일어날 가망이 없는 일일 것이다. 가망이 없다는 건 그 일이 실현 불가능해서가 아니라 바로 우리의 의지가 박약하기 때문이다. 그러나 중요한 건 우리에게 의지는 없을지라도 그에 대한 욕망이 있다는 것, 그래서 그것에 대해 이야기하는 것은 큰 의미를 가졌다.

두 잔의 커피와 끊이지 않는 대화로 어느새 배고파진 나를 그녀는 짬뽕순두부 집으로 데려갔다. 주말에는 900번대까지 늘어진다는 긴 대기줄에 우리는 60번대로 가뿐히 진입했다. 밖에서 인간을 전혀 겁내지 않는 위풍당당한 새끼고양이와 놀다 보니 금방 우리 차례가 되었다. 말 그대로 짬뽕과 순두부를 결합시킨 '짬뽕순두부'는 첫 입에도 전혀 새로울 게 없는 익숙한 맛이었지만, 확실히 별미였다. 두 가지 전혀 다른 음식의 결합이 아니라, 원래 같은 뿌리를 공유한 이란성 쌍둥이가 어른이 돼 재회한 듯 편안한 느낌이었다.

후식으로 먹은 순두부젤라또도 마찬가지. 지금 강릉에서 가장 핫한 이 두 가지 퓨전음식의 성공은 온전히 순두부의 공이 아닐까 생각했다. 맛도 색도 식감도 심심하고 연한 부드러운 존재감으로 어떤 새로움도 조화롭게 흡수하지만, 그럼에도 뽀얗고 고소한 순두부라는 정체성은 오롯이 드러내는.

서울로 가는 기차시간에 맞춰 강릉역으로 출발했다. 그녀가 말했다.

"우리 음악 좀 들을까? 네가 선곡한 것 듣고 싶어."

그러고 보니 만나자마자 계속 대화를 하느라 차 안에서 한 번도 음악을 틀지 않았다. 갑작스런 요청이었지만 다행히 듣고 싶은 곡이 생각나서 음악을 틀었다. Iggy Pop의 'The Passenger'. 예전에 본 영화에 삽입된 곡이다. 경쾌한 기타 스트로크로 시작하는 이 곡을 듣더니, 기타를 잘 치는 그녀가 곡이 너무 좋다고 말해줬다.

"네가 추천한 것들은 다 좋아."

취향에 공감해주는 사람은 소중하다. 창밖을 보며 흥겨우면서도 나른해지는 이 곡을 듣다보니 가사가 마음에 닿았다.

I am a passenger

나는 나그네야

And I ride and I ride

난 달리고 달려

I ride through the city's backside

도시의 뒷골목을 달리지

I see the stars come out of the sky

별들이 하늘에서 튀어나오는걸 바라봐

Yeah, they're bright in a hollow sky

그래, 공허한 하늘에서 빛나는 별들

You know it looks so good tonight

오늘따라 정말 멋져보이는 거 알지

♪ 오늘의 음악 ｜ Iggy Pop – The Passenger

16

오늘은 해변으로
퇴근합시다

강릉의 모든 해변이 멋지지만, 강릉 로컬들이 제일로 꼽는 곳은 송정해변이다. 해변에 소나무 방풍림이 쫙 펼쳐져 있어 약간 비현실적으로 멋지다. 다른 해변과 달리 바로 근처에는 큰 카페도 없다. 이 한적한 해변에 들어선 높은 건물은 아비오 호텔이 거의 유일하다.

우리는 퇴근 후 송정해변으로 피크닉을 갔다. 오후 6시 반에 파도살롱 커뮤니티 바 앞에 사람들이 모였다. 우리는 챙스(@laims2)의 차를 얻어 타고 송정해변으로 향했다. 아직은 해가 많이 남아 있는 6월 중순의 저녁. 앞으로 한 시간쯤 있으면 해가 질 테고, 날씨가 좋으니 아름다운 석양을 볼 수 있을 것 같았다.

송정해변 주차장에 차를 세우고 내렸다. 선발대가 해변 근처 솔숲에 테이블을 놓고 음식을 차리고 있었다. 음식이 기가 막혔다. 노릇노릇한 메밀전에는 큼지막한 배추김치와 부추가 넉넉히 들어가 있었고, 고춧가루 양념에 파, 오이, 당근, 상추가 들어간 도토리묵이 고소해 보였다. 커다란 감자전과 치킨, 강릉 시내에서 브라더수산과 쌍벽을 이룬다는 형제수산에서 사온 광어회, 그리고 500ml짜리 세계맥주! 완벽했다.

멤버는 더웨이브컴퍼니 직원들과 나처럼 강릉 한달살기를 하고 있는 미디어아트 작가, 그리고 얼마 전 1인기업을 시작한 브랜드 마케터 이렇게 아홉 명이었다. 캠핑 의자에 앉아 도란도란 이야기를 나눴다. 사무실에서 거의 매일 보는 사람들이지만, 음식을 놓고 둘러앉아 있으니 뭔가 더 가까워진 느낌이었다.

먹기 좋게 찢은 감자전 한 조각을 입에 넣고 맥주캔을 따서 한 모금 마셨다. 크으. 어느새 해는 뉘엿뉘엿 지고 있었다. 풍경이 이렇게 아름다운데, 주변에는 우리 외에 아무도 없었다. 바다 저편 수평선 위에 오징어잡이 배들이 둥둥 떠 있었다.

어느새 해가 완전히 지고 주변이 어두워졌다. 가로등도 들어오지 않아 서로의 얼굴을 식별할 수 없을 만큼 깜깜했다. 빛이라고는 아비오 호텔에서 뿜어져 나오는 주황빛, 그리고 까만 바다 멀리서 보이는 오징어잡이 배의 반짝이는 하얀 불빛이 유일했다. 우리는 핸드폰 플래시를 켜고 이야기를 이어갔다. 빽빽하지 않은 대화 중간중간 낮은 웃음이 번졌다. 파도소리와 음악과 맥주가 어우러진 고요한 해변의 밤.

음악 셀렉은 썬키스트(@sk0731)의 몫이었다. 이십대 디

해가 지자 칠흑 같은 바다 저편으로 반짝이는 불빛이 보였다.

자이너인 그는 음악 취향이 80년대 메탈부터 김광석, 콜드플레이까지 섭렵할 정도로 매우 넓었다. 중간중간 익숙한 곡이 흘러나왔다. 듣다가 좋은 노래가 나오면 무슨 곡인지 묻고, 좋아하는 아티스트와 음악 애기를 나눴다. 그러다 Wallflowers의 'One Headlight'가 나왔다. 오랜만에 듣는 락음악이었다. 해변에서 듣는 락음악이라니. 드문드문 아는 멜로디를 흥얼거렸다. 한때는 퇴근하고 매일 기타 치고 밴드 합주하고 그랬는데.

*

스물다섯 살에 사회생활을 시작했다. 회사는 점점 지겨워졌고, 퇴근 후 뭔가 재밌는 걸 하고 싶었다. 뭘 하면 좋을까. 퇴근 후 중학교 동창들과 동네에서 자주 보던 시기였다. 여느 때처럼 함께 맥주 한 잔을 하던 중 건너편에 앉은 민식이를 보고 충동적으로 어떤 생각이 떠올랐다.

"민식아, 나 너한테 기타 배울래."

10년에 걸친 독학으로 기타 지존 반열에 든 민식이었다. 갑자기 지목당한 민식이는 약간 당황했지만 이내 수락했다. 이후 민식

이와 일주일에 한두 번 만나 기타를 배웠다. 내가 기타를 아예 못 치진 않았다. 고1 때부터 기타를 조금씩 연습했고, 대학교에서도 야매에 가까웠지만 밴드생활을 했으니까. 따라서 완전 기초보다는 내가 좋아하는 음악 위주로 레파토리를 골랐다. 에릭 클랩튼과 잭 존슨의 곡 몇 개, 기본적인 블루스 릭, 이글스의 호텔 캘리포니아 어쿠스틱 버전 솔로까지 사사한 후 자체적으로 민식 기타학교를 수료했다.

기타에 어느 정도 자신감이 붙자 싸이월드 클럽을 뒤져 직장인 밴드에 가입했다. 정통 락음악을 주로 하는 밴드였다. 일주일에 한 번씩 합주를 하고, 1년에 3~4회 정도 클럽에서 공연했다. 친구들과 회사 사람들, 가족까지 한 번쯤은 공연을 보러 왔다. 강요하진 않았다. 그러나 남들이 결혼식에 오는 사람과 오지 않는 사람을 가려서 인맥 정리를 하듯, 난 공연을 보러 온 사람과 보러 오지 않은 사람으로 나눠 정리했다(는 농담같지만 반은 진심이다). 보통 '멋지다, 잘한다'라고 칭찬하고(지인들이 예의상), '연습 좀 해(오빠)'라거나 '보컬 노래 못함. 내가 나은 듯(아빠)', '열심히 했네(엄마)' 등 피드백도 다양했다.

이제 예전처럼 매일 저녁 기타를 연습하거나 주말마다 합주를 하진 않는다. 그래도 밴드 생활은 꾸준히 하고 있다. 중간에 공백기도 있고 멤버도 조금씩 바뀌었지만 가늘게 이어져 어느덧 11년째다.

진로찾기를 고민하던 시절, 음악이 너무 좋아서 음악 산업에서 일하면 어떨까 생각했다. 그러나 음악에 특출한 재능도 없고, 좋아하는 일을 한다고 해서 금전적인 어려움을 견딜 자신도 없어 일찌감치 고민을 접었다. 만약 음악 쪽에서 일하고 있다면 지금처럼 일과 취미의 조화는 힘들지 않았을까.

아마 음악은 취미로 계속할 것이다. 할머니가 되어서도 밴드 해야지. 그땐 돈 좀 있는 할머니가 되어서 펜더 스트라토캐스터에 비싼 이펙터 연결해서 공연해야지.

♪ 오늘의 음악 | Wallflowers – One Headlight

17

길냥이들이 행복한 도시

강릉에는 길고양이가 많이 돌아다닌다. 길고양이 프랜들리 도시인지, 몇몇 가게 앞에 고양이 사료와 물이 준비되어 있다. 더운 날씨를 고려해 물도 큼직한 대접에다 담아놨다. 서울 길고양이들은 꾀죄죄한 애들이 많은데, 여기 고양이들은 케어를 잘 받아서 그런지 상태가 좋은 편이다. 한적한 소도시에서는 길고양이의 삶도 여유로운 걸까. 가까이 다가가도 잘 도망가지 않는다. 사람들한테 사랑을 많이 받아서 그런지 그다지 경계심이 없다. 함부로 만지면 싫어할 수도 있으므로 손대지는 않는다.

동화가든 마당에는 고양이 두 마리가 산다. 하나는 큰 까망이, 하나는 작은 고등어 태비. 둘이 어쩜 하나도 안 닮았는지, 처음엔 남남인 줄 알았다. 그런데 작은 고양이가 큰 고양이 젖을 먹는 걸 보고 '아 엄마구나' 했다. 저렇게 안 닮은 자식이 나올 수도 있구나.

동화가든은 짬뽕순두부로 엄청 유명해서 주말엔 대기시간이 상상 이상으로 길다. 주말 점심에 가면 두세 시간은 기다려야 한다. 대기표를 들고 마당에 내놓은 의자에 앉아 있는 사람들은 중간에 일어나서 고양이들 사진을 찍고, 앉아 있다가 다시 지겨워지면, 혹은 고양이가 포즈를 바꾸면 다시 사진 찍으러 일어선다. 그러나 얘네들은 사진을 찍거나 말거나 딴청을 피우고 잠을 잔다. 예뻐해달라고 안달하지 않으면서도 사랑을 듬뿍 받는 귀요미들.

초당동의 인기 맛집 동화가든에 얘네들이 있다면, 강릉 시내 장칼국수 강자 형제칼국수에는 고양이 세 마리가 있다. 정확히 말하면 형제칼국수 바로 옆에 있는 브라더커피 앞에 서식한다. 물어보진 않았지만, 형제칼국수에서 식사를 하면 브라더커피 할인 쿠폰을 주는 걸로 봐선, 무엇보다 상호명을 봐선 아마 가족끼리 운영하지 싶다. 여기도 주말이면 긴 대기줄을 각오해야 한다. 이런 인기 식당들의 고양이들은 대기 손님들의 지루함을 덜어주는 역할을 하는 듯하다. 이것도 영업 전략일까?

파도살롱 근처에도 회색 고등어가 출몰한다. 어느날 무심코 길을 걷고 있는데, 발 밑에서 누가 큰 소리로 "야옹" 하는 거다. 봤더니 고양이 한 마리가 의기양양한 표정으로 올려다보고 있었다. 마치 "다른 사람들은 날 보면 호들갑이던데, 넌 내가 안 보여?"라고 말하는 것 같았다. 난 "아 네, 이제야 알아봤어요. 죄송하네요" 하면서 사진을 찍었다. 한 열 장쯤 찍으니 그제야 충분하다는 듯 내게서 시선을 거두셨다.

다른 날에는 건너편 편의점을 지나가다 또 당당하고 우렁찬 목소리가 들려서 봤더니 또 얘였다. 이번에는 씨유 알바생한테 당당히 츄르를 요구하고 있었다. 아니, 길까지 건너서 여길 왔단 말이야? 자주 오는 모양인지 편의점 앞에도 사료와 물이 있었다. 알바생은 행복한 웃음을 지으며 츄르를 까서 상납하고 있었다. 울집 고양이도 간식 조를 땐 애처롭게 우는데, 저 아이는 길에서 살아도 당당하구나. 난 인간인데도 별일 아닌 것에 자주 움츠러드는데. 역시 생 중의 최고는 묘생인가 보다.

그런가 하면 아예 이름을 붙여 밖에서 키우는 고양이도 있다. 카페 명주배롱 마당에는 노랑 태비가 있다. 이 카페 마스코트 배롱이다. 처음에는 이 근처를 돌아다니는 길고양이였다가 명주배롱에서 집을 만들어줘서 여기서 산다고 했다. 이름과 어울리게 기다란 몸통을 자랑하는 배롱이는 햇볕 좋은 벤치에 누워 낮잠을 자는 게 취미다. 이곳을 지나다닐 때마다 늘어져 자는 배롱이를 볼 수 있다.

솜털이 보송보송해서 아직 청소년 같은데 무려 애 엄마인 까망이.

더운 여름에도 사이좋게 서로 꼭 껴안고 자는 야옹이들.

저 여유 있는 미소를 보라.
앤 우렁찬 목소리를 자랑하며 여기저기 엄청 싸돌아다닌다.

볼 때마다 명주배롱 마당에 누워서 자고 있는 배롱씨.

＊

서울에서도 길고양이를 보살피는 사람들이 많아지면서 사정이 좀 나아지기는 했는데, 여전히 서울은 길고양이들이 살기에 팍팍한 곳인 것 같다. 작년에 연남동 철길 근처 카페에 갔을 때 거기 살던 고양이가 잔인하게 살해당했다는 얘기를 카페 주인한테 직접 들었다. CCTV에 그 모습이 찍혔는데, 너무 잔인해서 온 가족이 한동안 정상적인 생활이 힘들었다고. 어떻게 하면 사람이 그렇게 잔인해질 수 있는가에 대해 생각했다. 약한 동물들이 뭐가 그렇게 못마땅한 걸까?

강릉에서 행복하게 지내는 고양이들을 보며 생각했다. 동물이 살기 좋은 곳은 사람도 살기 좋은 곳 아닐까? 그래서 이곳 사람들이 여유가 넘쳐 보이는 건 아닐까?

♪ 오늘의 음악 ｜ Elain Paige-Memory

18

인생 2막은 과연 시작할 수 있을까

강릉에 오기 사흘 전, 지인 넷과 흑석동 모처의 양꼬치집에서 만났다. 우린 몇 년 전 한 회사의 기획자, 편집자, 저자로 만났다. 나이대도 비슷했다. 이젠 전부 그 회사를 떠났지만 우린 종종 술자리에서, 행사에서, 걷는 모임에서 만나 어울렸다. 이날은 꽤 오랜만에 모여 근황을 전하고, 각자의 회사가 어찌 돌아가는지 물으며 업계 소식을 흡수했다. 양꼬치 4인분에 가지볶음까지 클리어했다. 날숨에 뱃속 깊은 곳에서부터 양고기 고린내가 올라왔다.

"2차는 저희 집으로 가실래요?"

유일한 기혼자 S가 제안했다. 아우 좋죠. 택시를 잡아 타고 상왕십리 쪽에 있는 S의 새 집으로 향했다. 택시를 타고 가는 길에 강릉 출신 C에게서 맛집 정보를 캐내 지도앱에 저장했다. 동화가든, 카멜브레드, 광덕식당… 오케이 접수. 이곳들은 내가 한 달 동안 다 섭렵한다.

S의 집은 아늑했다. 조도가 낮은 따뜻한 조명, 여기저기 무심히 늘어놨지만 '음악 좀 듣네' 할 만한 아티스트들의 CD를 상단에 올려놓은 센스, 부부의 날에 S가 선물했다는 꽃병 속 꽃, 디자이너 아내 덕분인지 심플하면서도 매력적인 인테리어. 모든 것이 딱 좋았다. 다만 화장실 문 손잡이를 교체한다며 빼놓은 탓에 뻥 뚫린 구멍으로 이들이 돌아다니는 걸 보며 숨죽여 오줌을 눠야 했다는 것만 빼고….

S는 최근 재테크에 관심을 가진 듯했다. 그의 페이스북 포스팅을 보면 본업과 사이드잡, 이런저런 재테크로 돈을 차곡차곡 모으고 있다는 걸 알 수 있었다. 부동산에도 관심을 가졌고, 무엇보다 총각 시절 그에게 자유를 선사했던 모터사이클을 팔았다는 게 약간 충격이었다. 만약 그가 싱글이었다면 어땠을까? 똑같이 재테크를 하고, 부동산을 알아보고, 모터사이클을 팔았을까? 아마 결혼을 함으로써 조금 더 '현실적인 삶'으로 돌입하게 된 것은 아닐까?

그러니까 마치 이런 느낌이었다. 게임 속 세상을 자유롭게, 그러나 한정된 공간을 자유롭게 돌아다니다가, 결혼과 동시에 비로소 다음 스테이지의 문이 열리고 광대한 풍경이 펼쳐진 것 같은.

등을 소파에 기대며 생각했다.

'언젠가 나도 결혼을 하게 될까? 그리고 그때야 비로소 재테크, 청약, 투자 등을 하는 진정한 어른의 생활을 시작하게 될까?'

✻

이날 나는 프리랜서로 일하고 있는 H에게 강릉에 한 번 놀러오라고 했고, H는 약속을 지키는 사람답게 강릉에 왔다. 월요일 오후 12시, 우리는 백반집 동원에서 점심을 먹었다. 정갈하게 차린 나물 몇 가지와 생선구이, 우거지 된장국이 담백하고 맛있었다.

든든한 한끼를 먹은 후 강릉 최고의 커피집이라는 커피내리는버스정류장에 갔다. 문을 열자마자 밀려오는 묵직한 커피향이 심상치 않았다. 한쪽 벽도 아닌 양쪽 벽에 영어로 쓰인 상장이 빼곡히 붙어 있었다. 이집 주인이 유명한 바리스타라고 한 게 생각났다. H와 나는 각자 따뜻한 카페라떼와 플랫화이트를 시키고 수다에 시동을 걸었다.

"와 커피 너무 맛있는 거 아닌가요?"
"진짜 커피맛 종결이네."

추억을 담은
등원칼국수
육천원

백반집 벽에 걸어놓은 삶의 이치를 담은 멋진 글귀…는
자세히 보면 메뉴와 가격 소개.

H는 나와 동갑이지만 서로를 OO님이라 부르고 존대했다. 원래도 1년에 3~4번은 만났지만 올해 들어 더 자주 봤다. H와의 대화는 늘 즐거웠다. 대부분 일과 관련된 얘기였다. 일 얘기를 이렇게 신나게 나눌 수 있는 상대는 많지 않다. 아마 우리가 같은 업계에 종사하며, 성향이 비슷하고, 둘 다 기획하는 걸 너무 좋아하기 때문일 것이다.

그런데 강릉이어서일까? 평소엔 잘 하지 않던 사적인 얘기를 꺼냈다. H와 커피를 마시면서 그날 S집에서 느꼈던 기분이 떠올랐다. H도 그걸 느꼈는지 궁금했다.

"H, 결혼은 할 거예요?"

H와 나 둘 다 36세, 싱글 여성이다. 둘 다 비혼주의도 아니고, 언젠간 아기도 낳고 싶다. 그러나 현재의 삶, 그러니까 끊임없이 도전하고, 상황에 따라 커리어를 유연하게 선택하고, 기회가 되면 지방에서 일하는 이런 생활에 결혼을 끼워넣을 수 있을까?

난 지금 삶에 만족한다. 완벽하지 않지만, 가까스로 균형을 맞춰놓은 삶. 이렇게 만들기까지 10년이 걸렸다. 물론 지금 인생도 아름답지만은 않다. 그러나 적어도 싫은 요소는 전부 배제하고, 내게 최적으로 맞춰놓았다. 현재 내게 일은 '커리어'라기보다 '인생 자체'에 가깝다. 그리고 아슬아슬할지언정 균형을 유지하고 있다.

그러나 언제까지 이렇게 살 수 있을까? 이렇게 어정쩡한 자세로 언제까지 버틸 수 있을까? 더 이상 결정을 미룰 수 없는 때가 오고 있었다. 이쪽 업계 사람들은 멋지게(혹은 멋대로, 혹은 지멋대로) 사는 데 관심이 많았고, 대한민국 주류의 지향과는 좀 달랐다. 자기답게 사는 게 중요한 사람들. 이들의 라이프 스타일은 자유로웠다. 이들을 보면 이렇게 사는 게 맞지 싶었다.

그러나 이와는 반대편에 선 집단도 매우 공고했다. 대표적으로 대학교 친구들. 일찌감치 결혼해 아이는 하나 혹은 둘, 청약을 신청하고, 부동산 경매와 미국 주식을 공부하고, 몇몇은 적금과 대출을 영끌해서 집을 샀다. 다들 바쁘게 미래로 나아가고 있었다.

'난 집이 자가소유가 아니어도 돼. 아파트에서 안 살아도 돼. 평수가 작아도 괜찮아. 심지어 서울이 아니어도 돼'라고는 생각하지만, 가끔 주류적 인생을 사는 친구들을 만나면 조금 불안해졌다.

'지금이라도 시작해야 하지 않을까? 엄마가 그랬잖아, 사는 게 만만치 않다고. 지금 뛰어들면 막차는 탈 수 있어. 지금은 이 삶이 좋겠지. 그런데 늙어서 돌아봤을 때 너무 순진한 생각이었으면 어쩌지? 좀 더 현실적으로 생각해야 하지 않을까?'

사실 진짜 문제는 언제가 될지, 실제로 할지 안 할지도 모르는 결혼을 상정하며 모든 결정을 유예하고 있다는 것이다. 이러다 마흔이 넘어서도 가진 게 없으면 어떡하지? 집도, 차도, 모은 돈도, 남편도 애인도 없다면?

> "주류에 동참하고 싶지만, 그러고 싶지 않기도 해요. 지금 삶은 너무 좋은데, 미래는 여전히 불안해요. 이렇게 살아도 괜찮을까요?"

난 내 방식대로 자유롭게 살면서도 안정감을 찾고 싶다. 남들처럼 살지 않으면서도 남들만큼 살고 싶다. 정확히 말하면, 목표가 같다고 해서 과정까지 같을 필요는 없다고 생각한다. 하지만 남들과 목표가 같다면 남들 하는 대로 하는 게 가장 효율적이지 않을까? 머릿속이 복잡해졌다.

그런데 재밌는 지점은, 우리가 몇 시간씩 머리를 맞대고 고민을 해봐도 둘 다 성향이 똑같아서 답이 안 나왔다는 거다. 아마 우린 앞으로도 만나서 끊임없이 서로의 고민을 말하겠지만, 결국 마음이 내키는 대로(혹은 멋대로, 혹은 지멋대로) 살 것이다. 그러면서 이 고민이 지나가면 또 다른 걸로 고민하면서 또 내키는 대로 살겠지…. 그러면서 서로의 얼굴을 보며 내심 안심할 거다. 그래, 이렇게 살아도 된다면서.

10년 후에도 둘이 만나 '남들처럼 OO을 해야 할까'를 심각하게 고민하면서도 결국 자기 방식대로 살고 있을 우리 모습이 눈에 선해서 웃음이 나왔다.

　　나이 든 미래의 우리에게 미리 응원을 보내본다.

♪ 오늘의 음악　｜　Mellow Fellow – Dancing

19

강릉에서 생긴 일

"저 한 달간 강릉에 있을 거예요. 시간 되면 놀러 오세요."

늘 그렇듯, 아뉴는 경쾌하게 말했다. 한 달간 강릉에 머물면서 작업하는 창작자를 지원해주는 프로그램에 선정됐다고. 두 단어가 맴돌았다. '강릉'이라니, '한 달'이라니. 프리랜서라 언제 어디서 일할지 선택할 자유가 있음에도 코로나19에 쫄려 가벼운 여행조차 선뜻 시도하지 못하던 나와 달리, 아뉴는 '디지털 노마드' 라이프를 펼치러 떠나는 자유인 같았다(심지어 얼마 전 탈색했다는 아뉴의 헤어스타일마저 자유인 이미지에 찰떡같이 들어맞았다).

"우와, 부럽네요."

당시 내가 할 수 있는 말의 전부였다.

미리 잡아둔 일정 때문에 아뉴의 초청에 응하지 못하고 있던 중 불현듯 복잡해진 머릿속을 비워야겠다는 생각이 스쳤다. 그때 눈앞에 떠오른 단어는 다름 아닌 '강릉'. 바다라도 보고 오면 낫겠지 싶어 부랴부랴 1박 일정으로 떠났다. 짧게라도 여행을 떠날 땐 가고 싶은 장소나 먹고 싶은 음식을 한두 가지 꼽는 나지만, 이번에는 계획도 다짐도 없었다. 그냥, 이곳이 아닌 어딘가가 필요했다. 잠깐이라도.

　　　두 시간 반을 달려 도착한 강릉에서 만난 아뉴의 얼굴은 한결 편안해 보였다. 보자마자 "서울보다 강릉이 더 잘 맞는 거 아니냐"며 농담에 진담을 휘휘 섞어 건넸다. 환한 아뉴의 얼굴을 보며 한 달은 타지를 모험하는 이방인 모드로 지내기에 최적의 기간일지도 모르겠다고 생각했다. 그러다 문득, 한 달간 혼자 강릉에 와서 일하는 내 모습을 상상해봤다. 막상 현실로 닥치면 세상에 둘도 없이 피곤하게… 아니, 열심히 살겠지만 상상 속 내 모습은 조금 달랐다. 분명 예전에는 '재밌겠다!'는 반응이 앞섰던 것 같은데, 왜 지금은 이런저런 걱정과 귀차니즘부터 슬며시 드는 걸까. 역시, 자유인은 아무나 하는 게 아니야.

　　　우리는 간단한 식사를 마친 후, 강릉에서 반드시 가봐야 한다는 커피내리는버스정류장(a.k.a 커버정)을 찾았다. 이글이글 타는 해가 정수리를 정조준한 날씨였으나 아뉴는 따뜻한 라떼를, 나는 따뜻한 플랫화이트를 시켰다. 커피 맛은 소문대로 너무 맛있어

무서울 정도로 맛있던 커피내리는정류장의 따뜻한 플랫화이트.

서 무서울(?) 정도였다. 커피 향과 맛에 취한 우리는 서울에서 못다 한 이야기를 풀어냈다.

＊

이날의 주제는 '선택'이었다. 1인출판사를 운영 중인 아뉴와 프리랜서 에디터로 일하는 나는 '내 한 몸'만 건사할 수 있다면 별문제가 없었다. 적어도 아직까지는.

하지만 앞으로도 지금처럼 일하며 살 수 있는지, 아니 '살고 싶은지' 물어야 하는 때가 오고 있었다. 그 시기가 비슷하게 찾아온 아뉴와 나는 근황을 나누다 이 질문에 봉착했다. '불안하지만 자유로운 삶을 선택할 것인가, 안정적이지만 제한적인 삶을 선택할 것인가.'

우리는 이런저런 시나리오를 펼치기 시작했다.

"만약 후자를 택했는데, 전자의 삶이 너무 그립고 다시 그렇게 살고 싶어지면 어떻게 해요?"

"그럼 전자를 택했는데, 에너지가 따라주지 않거나 그 삶에 몸이 적응하지 못하는 순간이 오면 어떻게 해요?"

좋든 싫든 나이가 들어감에 따라 삶의 조건이 바뀔 수 있다는 걸, 그에 따라 라이프 스타일도 달라질 수 있다는 걸 뒤늦게 알아차린 듯 아뉴와 나는 "그러니까요"와 "어떡하죠?"를 번갈아 외쳤다. 뭐가 문제일까, 어떤 선택을 해야 후회가 없을까 생각하다 '모순'이라는 단어에 다다랐다. 어쩌면 방황하는 마음의 정체는 여기에 있는 걸지도 몰랐다. 제도에 얽매이지 않고 살고 싶지만, 제도에서 완전히 이탈하고 싶지 않다는.

　　그런데 우리만 그런가? 두 마음이 함께 있는 게 잘못된 걸까? 기막힐 정도로 맛있는 커피를 함께 홀짝이며 우리는 굳이 오지 않은 미래를 향해 질문을 퍼부었다. 그러면서 때론 "와하하" 웃었고, 때론 고개를 끄덕였다.

　　30대 중반이 되면 내가 선택한 길을 뒤돌아보지 않고 걸어갈 줄 알았다. 적어도 뭘 선택해야 할지 몰라 망설이는 일은 없을 줄 알았다. 하지만 기대와는 달리 종종 멈춰야 했고, 자주 되물어야 했다. 확신에 찬 날보다 망설이는 날이 많았고, 과거의 나와 지금의 나를 비교하기도 했다. 모순적인 마음이 들 때면 어느 한쪽을 선택해야 한다고 남몰래 나를 다그쳤던 것 같기도 하다. 하지만 아뉴와 커피를 마시며 한바탕 걱정을 쏟아내고 나니 오히려 마음이 차분해졌다. 어차피 이 모순은 늘 안고 가야 하니까. 그리고 어떤 삶을 선택하든 미세조정은 필요하니까.

서울에서 아뉴를 다시 만나면 이런 제안을 건네볼까 한다. 각자의 선택에 따라 지금과는 다른 라이프 스타일로 살아가더라도, 가끔 만나서 미세조정 시간을 갖자고. 그때도 답을 내리는 대신 묻거나 웃거나 끄덕이면 어떻겠냐고. 그게 강릉의 기막힌 커피와 함께라면 더할 나위 없이 좋을 것 같다고.

♪ 오늘의 음악 | 가을방학 – 속아도 꿈결

20

수제맥주 맛집
버드나무 브루어리

버드나무 브루어리 맥주를 처음 접한 건 서울 통의동 보안여관에서였다. 그때 마신 미노리 세션이 얼마나 맛있었던지, 어딘지 몰라도 수제맥주 참 잘 빚는다고 생각했다. 그런데 그 미노리 세션을 만드는 버드나무 브루어리가 강릉에, 게다가 집에서 멀지 않은 곳에 있었다. 남대천길을 따라 걷다보면 건너편에 노란 불빛이 반짝반짝거리는 곳이 보이는데, 바로 그집이었다.

버드나무 브루어리에 처음 갔을 때 마치 성수동 어딘가에 온 듯한 느낌이었다. 허름한 시골 건물 외관에 버드나무 브루어리 로고가 큼지막하게 붙어 있고, 천장에는 줄전구를 늘어뜨려 놓아 술 먹으러 들어가는 주당의 마음을 설레게 했다. 내부는 널찍한 공간에 크고 작은 테이블이 잘 배치되어 있었고, 원래는 공간을 분리하고 있었을 벽을 반쯤 허물어 넓은 공간감을 해치지 않으면서도 공간을 효과적으로 나눠놓았다.

무엇보다 조도가 낮은 조명과 허름한 벽과 옛날 스타일 창문이 잘 어우러져, 마치 시골 헛간에서 전구를 켜놓고 술을 마시는 분위기였다. 창문 너머 코앞에 가정집들이 보였다. 밤 아홉 시까지 운영하는 야외 테이블과 (고양이도 있었다!) 달마다 바뀌는 책 큐레이션(책을 사면 맥주를 공짜로 준다!)도 이곳의 매력적인 콘텐츠였다.

처음 갔을 땐 너무 좋아서 여기저기 사진 찍고 "너무 좋다"를 연발했는데, 그땐 몰랐다. 아무리 좋아도 강릉에 있는 동안 이곳에 다섯 번이나 오게 될지….

✻

이날은 대학원 때 친구 Z와 함께 왔다. 대학원 시절 내가 첫학기를 마치고 Z가 사는 하숙집으로 옮기면서, 2년 동안 우리는 거의 모든 생활을 함께했다. 우린 함께 등교하고 도서관과 근처 스타벅스에서 공부했다. 세 끼를 전부 같이 먹을 때도 많았다.

무엇보다 우리 둘의 가장 비중이 큰 추억은 음악이다. Z는 노래하고 나는 기타를 쳤다. 보통 하숙집이나 캠퍼스 벤치에서였고, 빈 강당에서 피아노를 추가해 즉흥 연주를 하고, 2인조 밴드를 결성해 공연도 몇 번 했다. Z는 어렸을 때부터 노래와 피아노에 두

각을 나타냈지만 어느 날부터 노래를 부르지 않았다고 했다. 그러다 나를 만나 다시 노래를 시작했고, 아마 그때부터 Z의 삶은 조금씩 바뀌었던 것 같다. 물론 좋은 쪽으로.

Z는 강릉에서 나고 자라 고등학교 때까지 강릉에 살았다. 8년 전 날 처음 강릉에 데려온 것도 Z였다. 당시 Z는 좋아하던 사람과 사귀다 얼마 안 가 헤어진 상태였고, 나는 기자가 되겠다며 언론시험을 준비하고 있었다. 당시 우리는 각자의 문제로 조금 힘들어 했다. 사실 큰 불행이 있다기보단 앞날에 대한 막연한 불안감 때문이었다. 인연이 엇갈리며 연애를 하기 힘들었던 Z와 내 업을 찾겠다며 호기롭게 나섰지만 녹록지 않음을 깨닫고 있던 나.

그로부터 8년이 지난 지금, Z는 결혼해 한 아이의 엄마가 되어 있고, 난 내 업을 찾아 한창 일하고 있다. 그리고 Z는 현재 자신의 업을 찾아 차근차근 나아가고 있고, 나는 현재 누군가를 만나 미래를 그려가는 중이다. 그러고 보면 인생에서 각자 자신의 때와 순서가 있는 것 같다. 자신에게 더 중요한 걸 먼저 구하고, 그제야 다음 스테이지를 향해 걸음을 뗄 수 있는 것 아닐까.

"나 임신한 거 알았을 때 울었잖아."

버드나무 브루어리에서 6월 한정으로 내놓은 여름에라

이런 줄전구를 보면 왜 이렇게 가슴이 쿵쿵대는지.

버드나무 브루어리가 왜 브루어리인지 보여주는 양조기계.

수제맥주랑 찰떡궁합, 맥 라자냐.

거를 마시면서 Z가 말했다. Z는 결혼 3년 차로 접어들 때 아기가 생겼다. 물론 아이를 낳을 생각이 없진 않았지만 준비가 되어 있지 않은 상태라 마음이 복잡했다. 조금만 더 있다가 아기가 왔으면 좋았을 걸. Z는 임신하고 몸이 안 좋아지면서 일도 그만뒀고, 출산 후 아기를 봐도 예쁜지 모르겠고 너무 힘들었다고 했다.

그러다 아이가 조금 커서 어린이집에 가기 시작하면서 그때부터 아이가 예뻐보이기 시작했단다. 지금은 아이가 있는 생활이 너무 행복하다고 말했다. 생활은 안정을 찾았고, 놀랍게도 세상에 대해 조금 더 관대한 시선을 갖게 됐다. 예전에는 길가에 가래침 뱉는 아저씨들을 보면 눈살을 찌푸렸지만, 이제는 '저 아저씨도 아기였겠지'하는 생각이 들면서 그냥 넘어간다는 거다.

난 조금 놀랐다. 우린 대학원생 때 세상의 부조리를 성토하며 열띤 토론을 벌이곤 했으니까. 당시 Z는 이런 면에서 더 엄격했다. 사람들의 생활 매너도 신경 쓰고, 정치 성향도 더 이상주의적이고, 종교적 신념에 따라 술은 입에도 대지 않았다. 뭐랄까, 그때 Z는 잘 웃긴 했지만 기본적으로 세상을 대하는 태도는 약간 냉소적이었고, 불의에도 민감하게 반응했다.

그러던 Z는 아기를 낳으면서 술을 마시기 시작했고 (이렇게 잘 마실 줄 몰랐다) 세상에 대한 엄격하던 기준도 많이 느슨해졌다. 그리고 친척들에게서 받던 무언의 압박에서도 많이 자유로워졌다.

아기를 낳아 키우는 게 부담스럽진 않은지, 워낙 험한 세상이라 불안하지 않은은 물었을 때도 별다른 동요가 없었다. 그때 느꼈다. 이게 가정이 주는 안정감이구나. 그러니까 Z는 결혼과 출산을 겪으며 더 자유롭고, 더 차분해졌다. 내가 결혼에 대해 생각할 때 막연히 떠올리던 속박과 불안감과는 다소 다른 실상이었다.

그리고 많이 '놓았다'는 말. 지금까지는 놓는다는 게 세상에 굴복하고 뭔가 포기하는 것이라 생각했다. 하지만 어쩌면 놓는다는 건, 세상이 결코 이상적이지 않다는 것을 인정하고, 선과 악이 뒤섞인 복잡한 세상에서 동요하지 않고 꿋꿋이 나아간다는 뜻 아닐까? 그렇게 뾰족뾰족하던 모서리가 깎여 둥글어지면서, 세상의 부조리에 마음을 너무 다치지 않고, 이해할 수 없는 사람들과도 그럭저럭 어울려 살게 되는 것 아닐까. 그렇게 지금처럼 일희일비하지 않고 마음이 고요해지는 날이 올 것이라 믿는다.

'역시 사람 인생은 길게 볼 일'이라며, 술은 입에도 안 대던 Z가 여름에라거를 여섯 잔째 들이키고 있는 모습을 보며 생각했다.

♪ 오늘의 음악 ｜ Carpenters – Close to You

21

직장인의 로망,
리모트워크의 꿈과 현실

3년 전 프리랜서 생활을 시작하면서 리모트워크의 맛을 조금씩 알게 되었다. 리모트워크의 첫 시작은 제주도에서였다. 당시 프로젝트 마감을 코앞에 두고 일이 손에 잡히지 않았다. 심정적으로 너무 힘들 때였는데, 사정을 모르는(알아도 똑같았겠지만) 클라이언트는 '절대 늦으면 안 된다'고 쪼면서 높은 퀄리티를 원하는 통에 돌아버릴 것 같았다. 어떡하지. 이 상태로는 아무것도 못할 것 같은데. 위기였다. 문득 바다를 보고 나면 뭔가 잘 풀리지 않을까 하는 생각이 들었다.

인터파크 항공앱을 켜서 제주행 비행기 티켓을 검색했다. 당장 떠날까 하다가, 지인 S와 점심 약속이 있었기에 간신히 참고 다음날 아침 티켓을 샀다. 그리고 보니 몇 달 전 S가 제주도에 며칠 머물며 일하던 게 기억났다. 그때 우린 같은 프로젝트를 진행하고 있었는데, 그는 제주에서 밖에 나가지도 못하고 '어딘가'에서 밤새도록 일하고 있다며 울고 있었다.

나중에 알고 보니 그 어딘가는 아직도 이름이 헷갈리는 제주창조경제혁신센터였다. 그는 그때부터 리모트워크를 하고 있던 거였다. 난 그때만 해도 이러한 근무 형태는 '놀러가서 일하기' 정도로밖에 명명하지 못하고 있었다.

그날 점심 때 만난 S에게 제주로 일하러 떠난다고 말했다.

"제주에 아는 사람 소개해드려요?"

S는 지인의 회사가 제주창조경제혁신센터에 입주해 있다며, 부탁하면 공용 사무 공간을 며칠 이용할 수 있을 거라 했다. 연락처를 받아들고 속으로 쾌재를 불렀다. 카페에서 일하다 집중이 안 되면 여기로 가야겠구나. 다음날 난 제주로 맘 편히 떠났다.

＊

제주공항에 도착해 렌터카를 빌려 바로 올래국수로 향했다. 1월 비수기라 대기줄도 짧았다. 뜨끈한 고기국수를 한 그릇 먹고 든든해진 배를 두드리며 바다로 향했다. 1월 말, 겨울바다를 보니 마음이 가라앉았다. 든든한 배, 차가운 바람, 섬에 있는 나를 아무도 건들 수 없다는 안도감 때문인지 마음이 차분해졌다.

　　　근처 카페에 들어가서 노트북을 켰다. 윈도우 화면을 보자 그날 해야 할 일들이 머릿속에서 정리됐다. 이젠 노트북과 나, 맛있는 커피 셋만 존재했다. 중간중간 귀에 꽂히는 음악이 흥을 돋웠다. 첫날, 생각보다 훨씬 많은 분량의 일을 해치우고 홀가분한 맘으로 카페를 나섰다.

　　　다음날부터 루틴이 정해졌다. 아침 일찍 일어나 그날 픽한 바다로 간다. 10분 정도 바다를 보다가 가까운 카페로 들어간다. 빵과 커피를 먹으며 오전 근무를 한다. 오후 1시쯤 카페에서 나와 맛집으로 간다. 제일 인기 많은 메뉴를 먹고 나와서 다른 카페로 향한다. 저녁 6시까지 일하고 나와서 맛집으로 간다. 저녁을 먹고 호텔로 돌아와 침대에서 가장 편한 자세로 누워 생각을 정리하고 영화를 보다 잔다.

　　　S의 지인 도움으로 제주창조경제혁신센터도 이틀간 이용했다. 이곳은 다른 의미로 일하기에 좋았다. 스타트업들이 입주해 있어 업무 환경이 거의 완벽했고, 곳곳에서 사람들이 자유롭게 회의하는 모습에서 활기가 느껴졌다. 공간은 어떤 사람이 모여 있느냐에 따라 분위기가 달라진다. 분명 일반 회사 오피스와 인테리어는 비슷한데 입주사들이 스타트업이라 그런지 분위기가 달랐다. 나도 여기 입주 직원인 척 공용 테이블에 앉아 업무 진도를 쭉쭉 뺐다.

　　　그렇게 일주일 동안 1일 1바다, 1일 2맛집을 하며 마감을 무

전 세계 리모트 워커들이 사랑하는 대표 리모트 오피스 스타벅스.
관광객 패션으로 노트북을 몇 시간씩 들여다보는 사람이
생각보다 많다.

사히 마쳤다. 그땐 '이게 제주의 힘이로구나' 했지만 지금은 '이게 리모트워크의 힘이로구나' 한다. 내 경우 일이 안 되는 건 마음이 잡히지 않아서다. 고3 땐 작은 책상과 딱딱한 나무 의자에 앉아서 밤 늦게까지 공부했다. 출판사를 시작하고 원룸에서 가로x세로 60cm 책상에 앉아서 책을 여러 권 만들었다. 그럴 만한 마음과 확실한 목적의식이 있었기 때문이다. 그러나 마음이 잡히지 않으면 작업 환경을 아무리 최적으로 맞춰놔도 일이 잘 안 된다.

이젠 마음이 복잡하거나 너무 많은 일에 압도당할 땐 이 루틴을 실행한다. 서울을 벗어나 낯선 환경으로 간다. 날 괴롭히는 것으로부터 물리적인 거리가 멀어진다. 마음이 가라앉는다. 충분히 안정이 되면 노트북을 켠다. 처리해야 할 일을 시작한다. 마감까지 쉬지 않고 달린다.

바닷가에서, 솔숲에서, 카페에서 음악을 들으며 일하다 보면 흥이 나고 새로운 영감이 떠오른다. 나와는 상반된 사람들, 그러니까 도서관에서 꼭 같은 자리에 앉아야 집중이 된다거나 하는 사람들은 이해 못 할 것이다.

올해 강릉에서는 리모트워크의 효율성에서 한 걸음 더 나아간 가능성을 보았다. 공유 오피스에서 결이 맞는 사람들과 네트워킹하며 새로운 프로젝트를 기획하게 된 것이다. 현재 여기에서 시작한 두 가지 프로젝트를 진행 중이다. 아마 하나는 올해, 하나는 내년에 결과물이 나올 것이다. 이곳 사람들과 내 관심사가 비슷해서 가능했겠지만, 서울과 강릉에 있어 사실 리모크워크가 아니었으면 애초에 만나는 것조차 불가능했을 사람들이다. 이렇게 협업까지 이어지는 게 리모트워크로 얻을 수 있는 최상의 결과 아닐까?

혼자 틀어박혀서 하던 일만 계속하면 그 이상의 것은 볼 수 없다. 때론 낯선 곳에서 복잡한 마음을 달래가며 일을 하고, 틀에 박힌 생각에서 벗어나보는 것도 필요하다. 만약 낯선 곳에서 코드가 잘 맞는 누군가를 만나면 금상첨화다. 생각지도 못했던 가능성을 꿈꾸고 실현할 기회가 생기기도 하니까.

단, 자신의 영역에서 벗어나 낯선 곳으로 갈 수 있는 용기가 있는 사람만이 누릴 수 있는 가능성이다. 코앞의 일에만 매몰되어 있다면 불가능할 것이다. 낯선 사람들의 다양한 생각을 받아들이면 내 세계를 키우고 더 많은 기회를 만들 수 있다

나에게 본질적으로 리모트워크가 꼭 필요한 이유다.

♪ 오늘의 음악 | The Velvet Underground - Oh! Sweet Nuthin'

22

비건걸즈와 함께한
화요일

오늘은 지인 G가 강릉에 왔다. 며칠 전 DM으로 '언니 저 다음주에 강릉 가요!'라며 자신의 등장을 예고한 터였다. 햇볕이 쨍쨍한 화요일 정오, 강릉역에서 만난 G는 아이보리색 린넨 원피스 차림에 선글라스를 끼고 있었다. 밝은 갈색으로 염색한 단발머리가 상큼했다. 택시에 타자마자 서로 반갑게 팔짱을 끼고 그간의 근황을 이야기했다.

G는 내가 한국에서 처음 알게 된 채식주의자다. 채식주의는 개인 신념과 식생활에 따라 특정 호칭으로 분류할 수 있다. 육고기를 먹지 않는 폴로, 육고기와 닭 등의 가금류를 먹지 않는 페스코, 육고기와 가금류, 어패류를 먹지 않고 달걀과 유제품을 먹는 락토오보가 있다. 락토오보에서 유제품을 안 먹으면 오보, 유제품을 먹되 달걀을 먹지 않으면 락토로 분류된다. 비건은 오직 과일, 곡식, 채소만 먹고, 동물성 제품 사용도 지양한다. 과일과 곡식만 먹는 건 프

루테리언이다.

G는 비건이다. G가 비건임을 알았을 때 잡곡밥이나 샐러드, 과일 주스 정도만 먹지 않을까 추측했다. 그런데 G는 아주 다양한 요리를 해 먹었다. G는 우리 모임에서 요리사를 자처했는데, 작년 연말모임에서 G는 기가막히게 맛있는 크리스마스 파이와 마라샹궈를 만들었다. G가 만든 음식을 먹으며 우리가 원하는 건 고기가 아니라 '맛있는 음식'이었음을 깨달았다.

*

지금까지는 G가 내가 아는 유일한 비건이었지만, 강릉에서 또 한 명 발견했다. 서울에서 기자로 일하다 강릉에 내려온 승희(@nowhere_thenthere)다. G가 강릉에 온다고 했을 때부터 이 둘을 이어줘야겠다고 생각했다. 특히 변변한 비건 식당도 없는 강릉에서 승희는 맘 편히 외식할 곳도, 속 얘기를 나눌 사람도 없이 외로운 비건생활을 이어가고 있었다. 서울과 달리 강릉에는 비건을 위한 식당이 거의 없었다. 비건이 뭔지 아는 사람조차 별로 없는 것 같았다.

G, 승희, 나 셋은 카페 명주배롱 2층 테이블에 앉았다. 이곳은 빈티지한 인테리어와 음악이 너무 잘 어우러져 올 때마다 사진을 열 장씩 찍는다. 작은 마당에 사는 노랑 고양이 배롱이를 보는 재

미도 있고.

오래된 스피커에서는 언니네이발관의 '아름다운 것'이 흘러나오고 있었다.

"비건식은 언제부터 시작하셨어요?"

G가 비건이 된 건 2~3년 전이지만 그전에도 고기는 그닥 좋아하지 않았다. 승희는 고등학교 때 채식을 시작해 20대 초반까지는 페스코를 유지했고, 20대 중반에는 해산물은 먹되 유제품과 달걀을 먹지 않기 시작해, 30대 들어서 비건 지향으로 바뀌었다.

승희가 비건으로서 어려움을 느낀 건 본격적으로 사회생활을 시작하면서부터였다. 사람들과 함께 음식점에 가면 음식 주문할 때 까다롭게 군다고 할까 봐 눈치가 보였고, 자연스레 점심을 굶는 날이 많아졌다.

가끔 비건에 대해 비꼬는 사람도 만났다. '채소도 아픔을 느낀다는데? 그럼 채소도 먹으면 안 되지 않냐?' 이런 말을 들어도, 예민하고 까탈스러운 사람으로 보여 비건에 대한 나쁜 이미지를 심어줄까 봐 그냥 웃고 넘어간 적도 많았다.

"회사 다니면서 가장 싫었던 게, 선배들이 식당에 가면 꼭
계란찜을 시키는 거예요."

예쁜 컵에 서브되어 나오는 음료들.

오늘은 낮잠 안 자고 여기저기 참견하고 돌아다니는 배롱씨.

계란찜을 무지 좋아하는 나는 속이 뜨끔했다. 나도 기회만 생기면 계란찜을 추가했다. 메뉴에 있는데 시키지 않는 경우는 좀 비싸서지, 희생된 동물을 생각해서가 아니었다. 생각해보면 밥, 국, 메인 요리 외에 계란찜을 추가하는 건 필요 이상으로 음식물을 섭취하는 행위다. 이 때문에 닭들은 과도하게 알을 낳아야 하고, 비정한 방식으로 사육될 수밖에 없다.

"마트에 가면 손질된 고기가 스티로폼 용기에 담겨 있잖아요. 샴푸나 과자 같은 공산품처럼. 그래서 사람들이 그게 생명으로부터 왔다는 걸 잘 인식하지 못하죠."

승희는 기본적으로 인간은 잡식성이라고 생각한다. 사람은 고기를 먹을 수 있다. 그러나 문제는 식재료로서의 고기가 과도하게 상업화되었다는 점이다. 인간의 과도한 영양섭취를 위해 고기 공장에서는 수많은 생명체들이 도살되고 있다. 만약 자신이 키운 동물만 잡아먹을 수 있다면 이렇게까지 고기를 많이 섭취할까? 아마 그렇진 않을 것이다.

우리나라는 전통적으로 고기를 많이 먹던 민족이 아니다. 임금을 제외한 일반 백성들의 주식은 나물이었고, 특별히 경사가 있거나 가축이 늙어죽을 때쯤 미안한 마음으로 잡아서 간혹 먹는 게 전부였다. 옛날엔 고기를 자주 섭취하지 않아도 대부분의 사람이 건강하게 살았다. 그런데 현대에 들어 이렇게까지 고기를 많이 먹게 되면서 그전에는 잘 걸리지 않던 성인병에도 취약해졌다.

G와 승희는 연예인들이 TV에서 보여주는 모습, 예를 들어 곱창을 맛있게 먹거나 닭가슴살을 갈아 만든 단백질 쉐이크를 만들어 먹는 장면을 보면 가슴이 철렁한다고 말했다. 이 때문에 또 얼마나 많은 고기가 과도하게 소비될까. 이런 걸 보면 미디어에서조차 동물권과 환경에 대한 인식이 거의 전무한 건가 싶어서 절망스러워진다고.

G는 어느 때보다 열성적으로 대화를 이어갔다. 그동안 모임에서 G는 굳이 채식을 강조하거나 권하지 않았다. 둘이 만날 때조차 비건에 대한 이야기를 하지 않았다. 조금이라도 채식 강요처럼 느껴져 오히려 거부감을 가질까 걱정했던 것이다. 실제로 한 단톡방에서 사람들이 건강을 위해 크릴오일을 먹어야 한다는 얘기를 하길래, 참다못해 '그건 사람이 아니라 고래 먹이다. 제발 뺏어먹을 생각 좀 그만 하라'고 했다가 단톡방이 냉랭해졌다고 했다. 그리고 뒤늦게 '말하지 말걸' 후회했다고.

이 둘은 어느 정도는 타협하며 살고 있다. 한국에서 엄격한 비건식을 하며 사회생활을 하기란 거의 불가능에 가까우므로. 이들은 한때 채식을 엄격히 지켜야 한다는 생각에 너무 예민해져 있었고, 지키지 못한 날에는 심한 자책감이 들었다. 그러나 어느 정도 마음을 내려놓고 현실적으로 불가능한 부분은 받아들이고 있다. 너무 자신을 몰아부치다가는 견딜 수 없을 것이므로. 그렇게 지속가능한 채식 생활을 이어가고 있다.

　　짧은 시간 안에 상황은 크게 달라지지 않을 것이다. 하지만 이들의 대화를 들으며 내가 무지했다는 사실은 알게 되었다. 그게 변화라면 변화겠지. 당장 채식으로 전환하진 않겠지만, 앞으로 식당에서 계란찜을 추가하고 싶을 땐 한 번쯤 다시 생각해보지 않을까 한다.

♪ 오늘의 음악　　｜　　언니네이발관 - 아름다운 것

23

운명같은 만남과
긴 산책

내겐 이런 이론이 있다. 세상에는 보이지 않는 어떤 울타리가 있다. 그곳에 한 뭉텅이의 사람들을 몰아넣는다. 사람들은 그 사실을 모른 채 울타리 안에서 돌아다니다 서로 만나고 헤어진다. 그리고 그중에서도 꼭 만나게 될 사람들은 어떤 끈으로 이어져 있어, 지리적으로 아무리 멀리 있어도 결국 만나게 된다.

강릉에 와서 놀란 건, 전혀 교집합이 없을 것 같던 강릉 거주자들이 서울의 지인들과 연결이 되어 있다는 거였다. 8년 전 술 먹고 음악하며 어울렸던 인디밴드 M의 리더 C와 더웨이브컴퍼니 챙스(@laims2)가 친한 사이라거나, 저자 - 에디터로 만나 지금은 없어진 이태원 클럽 Venue까지 가서 놀았던 W와 더웨이브컴퍼니 대표가 선후배 사이라거나 뭐 그런…. 서로 교집합이 없을 것 같은 사람들끼리 이렇게 연결되어 있는 걸 보면 참 신기했다. 그러고 보니 다 유흥을 하다 만난 사이로구나.

*

그중에서도 가장 놀라운건 J와의 만남이다. J는 파도살롱에 리모트워크를 하러 왔다가, 송정해변 피크닉에 함께 참여했다. 그녀는 올해 초 1인기업을 시작해 운영하고 있다고 했다. 그런데 이상하게도 낯이 익었다. 어디서 봤지? 별로 교집합이 없을 것 같은데.

그러다 우연찮게 한 모임 이야기가 나왔고, J는 꽤 오랫동안 그 모임에 참여하고 있다고 말했다. 어, 나도 그 모임에 간 적 있는데? 생각해보니 당시 모임에서 어떤 분이 유명한 다국적 기업에서 높은 직책으로 일한다고 해서 굉장히 인상 깊었던 기억이 났다. 그런데 말을 맞춰 보니, 3년 전 그때 내가 감탄했던 그 분이 J였던 것이다. 와우. 그때 그 화려한 분이 곁에서 치킨을 뜯고 있다니. 이런 인연도 있구나. 그날 밤 우린 왁자지껄 떠들며 송정해변의 밤을 즐겼다.

다음날 오후, 쇼파에서 책을 읽고 있는데 J가 다가왔다.

"점심 같이 드실래요?"

어제 늦게까지 밖에 있어서 그런지 J는 약간 피곤해 보였다. 우린 곤드레밥이 맛있다는 이레맛집으로 향했다. 곤드레밥이랑 닭볶음탕을 시켰다. 가스 버너 위에서 보글보글 끓는 닭볶음탕이 먹음직스러워 보였다. 매콤하면서도 고소한 냄새가 풍겼다. 침이 고였다.

"저 일주일 전에 남자친구랑 헤어졌거든요."

J가 말을 꺼냈다. 살면서 가장 좋아했던 사람이었고 일 년 넘게 만나다가 여건이 되지 않아 헤어졌다고 했다. 오늘 아침에 눈을 떴는데 문득 우울해져 서둘러 호텔방을 나왔다. J는 밥을 먹으며 연애스토리를 풀로 들려줬다. J는 그를 여행지에서 운명적으로 만났다. 그러다가 서울에서 그와 다시 만나 우연과 필연이 겹쳐지며 연애를 시작했다. 이 모든 이야기가 마치 영화 같았다. 하지만 이런 운명과 같은 연애도 단단한 현실의 벽에 부딪혀 끝나고 말았다.

당연하지만, 이렇게 능력 있고 멋있는 사람도 사랑에 가슴 설레고 불같이 연애하고 이별에 슬퍼하는구나, 했다. 누군가는 결혼 때문에 커리어를 그만두고 엄마로 살 수밖에 없는 운명을 한탄하고, 누군가는 최고의 커리어를 가져도 배우자를 만나지 못해 안타까워한다. 그래, 다 가질 순 없다. 그러나 각자 한 가지만 가진다고 가정했을 때, 그게 꼭 간절히 원하는 사람한테 가는 건 아니라는 사실이 참 아이러니했다.

커피나 한 잔 하자며 근처 카페 오월로 자리를 옮겼다. 2층으로 올라가니 이십대로 보이는 여자애들이 테이블에 앉아 서로 사진을 찍어주고 있었다. 우리는 평상 좌석에 신발을 벗고 올라가 벽에 등을 기대고 사선으로 마주 앉았다. 그러고는 아까 하던 이야기를 이어갔다. 어느덧 대화는 커리어로 옮아갔다.

그녀의 커리어는 탑 오브 더 탑이었다. 하지만 행복하지 않았다. 누구나 부러워할 만한 자리에서 일했지만 몸도 마음도 건강하지 않았다. 17년 동안 쉬지 않고 정신없이 살아왔다. 이제는 조금 더 행복해지는 방향으로 자신을 놓아줘도 되지 않을까, 하는 생각이 들었다. J는 이제 일보다는 자신의 행복을 찾아 나서기로 결심했다. 그리고 곧 회사를 떠나 홀로서기를 시작했다.

그날 저녁 우리는 원성식당에서 간짜장과 탕수육을 먹고, 선선해진 남대천길을 산책했다. 주변 경치에 감탄하며 하늘에 뜬 별도 보고 커다란 나무 앞에 멈춰서서 관련 설화도 읽었다. 그리고 시시콜콜한 이야기를 이어나갔다. 먹고사는 이야기, 해외 생활 이야기, 한국 교육 정책과 부동산 정책, 지방 소도시에서 살아보기, 코로나19 이후 바뀔 세계까지, 서로의 머릿속에 떠오르는 주제에 대해 한계 없이 이야기를 나눴다.

역시 둘이 좋구나. 혼자 걸을 때도 좋았지만, 함께할 사람이 있으니 이 길이 훨씬 더 아름다웠다. 매일 같은 길을 걸어 집에 돌아오며 '집에 오는 길은 때론 너무 길어'하고 흥얼댔는데, 둘이서는 그 두 배나 되는 왕복길을 단숨에 걸었다. 물론 시간은 한참 지

둘이서 하는 달밤의 산책.

나 있었지만.

우연이 겹쳐 운명이 된다. 우리는 헤어지기 직전까지도 우릴 이곳에 데려온 일들에 대해 거듭 이야기했다. 그리고 어떤 결과가 나올진 몰라도 앞으로 함께할 수 있을 그 무언가에 대해서도.

♪ 오늘의 음악 ｜ Bebe Rexha – Meant to Be

24 지방으로 내려가는 똑똑한 청년들

작년에 출간한 〈이렇게 된 이상 마트로 간다〉 저자 김경욱은 대기업을 퇴사하고 이십대 후반에 군산으로 내려가 마트를 열었다. 남들이 봤을 때 말도 안 되는 이 선택엔 그만의 합당한 이유가 있었다. 마트가 겉으로 봤을 때 멋지진 않지만 꾸준히 수익을 낸다는 사실, 본인은 여느 스타트업 창업자들처럼 언제 현실화될지 모르는 수익을 기다리며 불안함을 견딜 수 있는 사람이 아니라는 자각, 그리고 수요가 확실하면서도 임대료가 상대적으로 낮은 지방이 마트 운영에 승산 있다는 판단 때문이었다. 그러니까 남들이 봤을 때 무모한 결정은 사실 냉철한 자기 성찰과 현실 상황을 고려한 합리적인 결정이었던 셈이다.

이 원고를 처음 봤을 때의 감정을 잊을 수 없다.

'그래, 이렇게도 살 수 있다니까!'

이 책을 준비하며 젊은 세대가 '내가 옳다고 생각하는 방식'대로 살아도 큰일나지 않는다는 말을 하고 싶었다. 특히 모두가 서울로 갈 때 거꾸로 군산으로 가고, 모바일 쇼핑이 치고 올라오는데 왜 하필 동네 마트를 하느냐고 묻는 사람들에게 "군산에서 마트 하면 외않되?"라고 묻고 싶었다. 단, 남들이 가지 않는 길을 갈 때는 필연적으로 극심한 불안과 고통이 따른다는 것, 그리고 남들보다 몇 배는 노력해야 한다는 것도 알리고 싶었다.

결국 '정답은 없다'고 외치고 싶었던 셈이다. 사회적으로 인정받는 대기업이나 전문직을 선택하지 않아도 된다. 내게 가장 잘 어울리고 내가 잘할 수 있는 곳에서 빛나면 그만이다. 뭐 이런 것들.

＊

내가 시종일관 이 주제에 꽂혀 있기 때문일까? 강릉에 와서도 비슷한 걸 느꼈다. '이렇게 살아도 된다'는 것을. 파도살롱을 운영하는 더웨이브컴퍼니 직원 아홉 명 중 여섯 명이 다른 지역에서 왔다. 두 명은 강릉 출신이지만 이들도 타지에서 대학을 다니고 직장생활을 했다. 이 중 강릉을 떠나보지 않은 사람은 단 한 명뿐이다.

이 중 탐식가(@tamshikga)는 대구 출신으로 서울에 있는 대학을 졸업하고 미술관 등 예술 산업에서 일하다가, 대학원에 진학해 석사학위까지 받은 후 강릉으로 이주해 취업했다. 강릉에 산 지 벌써 1년 3개월이 지났다. 시각예술을 엄청나게 사랑하며 힙한 곳과 페스티벌을 좋아하는 걸로 봐선 분명 서울을 떠나기 쉽지 않았을 것 같은데. 기회가 있을 때 탐식가에게 물었다. 왜 강릉을 선택했느냐고.

"강릉은 지금 어떤 기운이 꿈틀대고 있어요. 시내를 돌아다니면 여러 상점들 앞에 '가오픈 기간입니다'라고 쓰여 있죠. 전 이게 너무 좋아요. 새로운 무언가가 계속해서 생길 준비를 하고 있는 거거든요. 전 이 기류에 올라타보고 싶어서 강릉에 계속 있는 거예요."

처음 강릉에서 취업한다고 했을 때 어머니는 반대했다. 시골에 가서 살라고 그 돈을 들여 서울로 학교 보냈는 줄 아느냐고. 어머니가 그런 아쉬움을 느끼는 건 당연하다. 그러나 탐식가는 자신이 행복하면 장땡이라고 생각했다. 사무실에서 일하다가 반차를 쓰고 해변으로 가 맥주 한 병을 마시며 '이보다 더 행복할 수 없구나. 행복이 가까이에 있었구나' 하고 생각했다. 어머니에게 이런 이야기를 하니 그제야 어머니도 웃으면서 '그래, 너 좋다면 됐다'고 했다.

나도 평일 낮 해변에서 음료 마시는 기분이 어떤지 안다.

며칠 전만 해도 '가오픈 중입니다'라는 안내문이 붙어 있었는데
얼마 전 이를 떼어내고 정식 오픈한 가게.

서울에 있을 땐 현실적인 것들에 집중하면서 흐린 눈으로 세상을 보다가, 이곳에서 여유가 많아지자 스스로에 대해 더 많이 생각하게 됐다. 그동안 애써 알려고 하지 않았던 자기 자신을 성찰하면서 뒤늦게 성장통이 왔다. 강릉에 오지 않았다면 겪지 않을 일이었을 것이다. 혹은 훨씬 나중에 겪었을지도 모른다. 아이러니하게도, 강릉에 와서 힘들어하던 자신을 일으켜준 것 역시 강릉의 자연과 사람들이었다.

　　"강릉은 사랑스러운 도시예요."

　　그녀가 본 강릉은 선비의 도시다. 이들은 자연과 전통에 대한 프라이드가 매우 높으며, 전통 콘텐츠와 현대적 라이프 스타일을 잘 융합해 살아가고 있다. 강릉 사람들은 대체로 느긋하고 순박한 편이다. 택시를 타면 기사들이 자본주의 미소 대신 진심에서 우러나오는 친절을 보여준다. 도시이긴 하지만 아직 시골의 느낌이 많이 남아 있어 여유롭다. 그녀가 강릉에서 전체적으로 느낀 인상은 한 마디로 sweet!

　　탐식가는 이 귀여운 시민의식의 집합체가 바로 강릉 단오제라고 했다. 강릉 사람들은 추석이나 설날엔 고향에 오지 않을지언정 단오제 때는 강릉을 찾는다. 술과 음식을 즐기고 윷놀이, 투호, 씨름 같은 민속놀이에 열중하는 강릉 사람들이 너무 귀엽다고 했다.

특히 강릉의 광화문 광장으로 불리는 홈플러스 앞에서 나눠주는 수리취떡과 막걸리가 진짜 맛있다고.

> "강릉 어르신들이랑 술 마실 땐 절대 막걸리를 흔들어서 따르면 안 돼요."

강릉 사람들은 탁주를 흔들어 마시지 않는다. 아무 생각 없이 강릉인과의 술자리에서 막걸리를 휙 하고 뒤집으면 호통이 날아온다. 탁주를 맑게 마시거나 아주 살살 섞어 마시는 게 이 지역 룰이라나.

탐식가를 포함에 이곳 직원들의 얘기를 들으며, 확실히 젊은 세대일수록 업이나 거주 지역에 대한 고정관념이 사라지고 있다는 걸 느꼈다. 그도 그럴 것이 지방마다 교통과 주거 인프라를 빠르게 구축하면서 생활 편의가 예전보다 훨씬 나아졌고, 꼭 서울에 있는 회사를 다녀야 성공하는 시대는 지났으므로. 그리고 지금 엄청난 민폐를 끼치고 있는 코로나19가 직업과 경제의 모든 지형을 바꿔놓으리라는 점도 한몫한다. 우리는 점점 '정답이 없는 시대'라는 말이 정답인 시대로 들어서고 있다.

내가 이 글을 쓰는 동안 탐식가의 인스타그램에는 '리모트워킹의 맛'이라는 캡션을 단 스토리가 올라왔다. 탐식가는 며칠

째 울릉도에서 일하고 있다. 강릉까지 온 것도 모자라 울릉도에서 리모트워크하는 청년들. 고작 강릉에 와서 리모트워커 부심 부리는 내게 보란 듯이 올린 거 같은데, 질 수 없다. 조만간 독도로 리모트워크 가서 인스타 스토리에 자랑해야지. 태그는 #독도는 #우리땅

♪ 오늘의 노래 | 우효-민들레

25

누구에게도 추천하지 않지만 스스로는 너무 꿀잼인 편집자 인생

편집자만큼 리모트워크에 적합한 직업이 있을까? 편집자는 기본적으로 노트북에 인터넷만 연결돼 있으면 어디서든 일할 수 있다. 교정지를 확인하려면 프린터로 뽑아볼 필요도 있지만 사실 태블릿 PC로 작업하면 된다. 출판일을 시작할 땐 단순히 업무가 내 적성에 맞는다고 생각했지만, 이제 보니 내가 추구하는 라이프 스타일과도 잘 들어맞는다.

✳

처음부터 내 적성과 라이프 스타일에 맞는 직업을 가진 건 아니었다. 대학교 졸업 시점까지 꿈이니 적성이니 고민 한 번 안 하다가, 취업 시즌이 되자 남들이 하듯 똑같이 공채에 지원했다. 입사지원서와 자기소개서를 쓸 때는 각 기업에 대한 정보를 샅샅이 조사해서 '왜 내가 귀사에 입사해야만 하는지' 줄줄이 써서 제출했다. 그렇게 40군데쯤 되는 회사에 지원했다.

결국 잘 알지 못했던, 그러나 알고 보니 꽤 좋았던 한 회사에 합격했고, 나의 성공시대 시작되는 줄 알았다. 이 회사에 뼈를 묻어야지. 신입사원 시절을 정신없이 보내고 2년 차가 되던 해, 갑자기 이런 생각이 들었다.

'과연 이렇게 사는 게 맞을까?'

회사에는 딱히 문제가 없었다. 내가 문제였다. 하루 종일 사무실에 앉아서 엑셀로 매출채권 관리를 하는데, 지루하고 점점 숨이 막혀왔다. 앞으로도 이걸 반복해야 한다 생각하니 너무 막막했다. 가끔 고요한 사무실에 앉아 몸을 뒤로 젖히고 천장을 올려다봤다. 하얀색 석고 패널에 갈매기 모양이 규칙적으로 새겨져 있었다. 지금도 그때의 막막함을 생각하면 사무실 천장 무늬가 떠오른다.

'이렇게 평생 살 수는 없다'고 생각했다. 그런데 '어떻게 살아야 할지'는 알 수 없었다. 고민을 시작했다. 이젠 무작정 나를 받아주는 회사가 아니라 '진짜 내 업'을 찾고 싶었다.

직업 선택의 기준을 세워보았다.

1. 잘하는 일이어야 한다.

2. 적어도 못하지 않는 일이어야 한다.

3. 이 직업이 최소 생계비 이상의 수입을 보장해야 한다.

4. 한 회사에서 다른 회사로 이직이 수월해야 한다. 즉, 업계
   가 유의미한 산업 수준이어야 한다.

5. 나중에 회사를 나와 먹고살 수 있을 만한 기술을 배울 수 있
   어야 한다.

진로 탐색은 생각보다 오래 걸렸다. 첫 회사를 퇴사하고
대학원에 진학해 마지막 학기를 남겨놓은 시점에도 내게 맞는 직
업을 찾지 못했다. 머리를 싸매고 고민하던 어느 날, 문득 어떤 기
억이 떠올랐다. 졸업 전 공채를 준비하면서 자소서를 쓰다 보니 감
이 생겼다. 취업 후 친구나 후배가 자소서를 봐달라고 보내오면, 문
장만 고치는 게 아니라 그 사람의 성향과 분위기, 지원하는 회사
의 스타일을 고려해 전체를 뜯어 고쳤다. 한 마디로 자소서에 각자
어울리는 캐릭터를 부여했다 (당시에는 아무 생각 없이 했지만 알고
보니 그 작업은 출판사에서 하는 책 기획 및 패키징, 편집 작업과 거
의 일치했다).

알아보니 이와 비슷한 일을 하는 건 책 편집자라고 들었다.
그렇다면 출판사에 취업해야 하나? 편집자와 출판사. 한 번도 생
각 못한 선택지였다. 인터넷을 검색하니 출판 쪽 강좌 프로그램

이 몇 있었고 그중 하나를 등록해 한 달 반 동안 매일 4시간씩 수업을 들었다. 이런 신세계가 있나 싶었다. 책이 이렇게 만들어지는구나, 편집자는 이런 일을 하는구나, 책은 이렇게 디자인하는구나 등등을 알아갈수록 이 길이 내 길이라는 확신이 들었다.

무엇보다 좋았던 건 책 만드는 일은 퇴보가 없는 일이라는 것이다. 계속해서 배우고 공부한다. 어제의 지식은 잊고 새로운 지식을 채운다. 내 좁은 세계를 넓히는 새로운 관점을 매일 받아들인다. 내게 딱 맞는 일이었다.

이 과정을 마친 후 출판사에 편집자로 취업했다. 일이 너무 재밌고 회사 생활이 행복했다. 자신의 적성에 맞는 일을 하면 이런 기분을 느낄 수 있구나. 새로운 삶이 열리는 기분이었다. 이후 다른 출판사로 두 번 이직하면서 다양한 책을 기획하고 편집했다. 학술서, 교재, 여행서, 경제경영서, 인문교양서 등 다양한 분류의 책을 만들며 범위도 계속 확장해나갔다.

책 한 권을 만드는 건 꽤 지난한 여정이다. 그러나 난 이 지난한 작업조차 즐거웠다. 교열하면서 눈이 빠질 것 같아도, 디자이너와 표지 디자인에 서로 이견을 보여도, 저자와 소통이 잘 안 돼 힘들어도, 결국 조율하다 보면 애초에 생각했던 것보다 훨씬 좋은 책이 나왔다. 이렇게 나온 책 몇 권은 꽤 잘팔려서 베스트셀러 순위에도 올랐다. 짜릿한 경험이었다.

이 과정에서 재밌는 건, 사회생활을 시작한 지 8년 차까지 직급이 사원을 벗어나지 못했다는 거다. 첫 회사에서는 3년이 되기 전에 퇴사해서 대리 직급을 달지 못했고, 출판사에 취업할 땐 이전 회사와 대학원 경력을 인정받지 못해 4년 차까지 계속 사원이었다. 마지막 출판사를 퇴사하던 해에 겨우 대리를 달았다. 그 기간도 5개월로 무척 짧지만.

그런데 난 사원으로 회사 생활을 마감해도 괜찮다고 생각했다. 출판사들은 다른 회사들과는 좀 달라서 직급이 낮다고 해서 잡무만 시키지는 않는다. 1~2년 정도 편집자로 일하면 팀장급이 되지 않는 이상 각자 책을 몇 권씩 맡아서 진행하며 비슷하게 일한다. 따라서 직급이 이 일의 본질에 큰 영향을 미치지 않았으므로 개의치 않았던 듯하다.

6년 정도 출판사를 다니다 보니 이제 내가 혼자 해볼 수 있지 않을까 하는 생각이 들었다. 책을 만드는 것만으로도 행복하지만, 조금 더 높은 차원의 자유를 욕심내도 되지 않을까.

즉 회사에 소속되지 않고, 더 정확히는 조직 생활을 하지 않으면서 스스로 모든 것을 결정하고 싶었다. 그래서 마지막 출판사를 퇴사하고 1년 정도 프리랜서 생활을 하다가 1인출판사를 차리고 지금껏 운영하고 있다.

✳

사람은 생긴대로 산다는 말을 믿는다. 난 답답한 걸 못 참고, 누가 시켜서가 아니라 내 자신이 납득해야 일할 수 있고, 사람을 좋아하지만 조직의 위계구조는 견디지 못하고, 일의 효율을 우선시해서 환경도 내게 최적으로 계속 바꿔줘야 한다. 이런 사람은 회사를 오래 다니기가 쉽지 않다. 아마 계속 참고 회사를 다녔다면 어딘가 아팠을 거다.

물론 가끔은 몇몇 친구들처럼 돈 많이 버는 직업이나 대기업이 적성에 맞았다면 얼마나 좋았을까 하고 생각한다. 하지만 어쩌겠나. 생긴대로 살아야지 뭐. 덜 쓰고 덜 가지면서 더 행복하게 살 수 있다면 이게 진정 맞는 길 아닐까 한다.

♪ 오늘의 음악 | 신해경 - 모두 주세요

26

찾는 자에겐 쉽게 보이는
힙한 강릉

　　강릉은 역사와 전통이 숨쉬면서 동시에 젊은 커뮤니티가 막 들어서고 있는 곳이기도 하다. 강원 지역에서 양양과 속초가 먼저 상업화되기 시작됐고, 이제 강릉 차례인 듯 특색 있는 가게들이 많이 들어서고 있다. 강릉이 여행지로 본격 부상하게 된 건 무엇보다 평창 동계올림픽을 계기로 강릉 시내에 KTX 정차역이 생기면서 서울과의 접근성이 좋아진 점을 꼽을 수 있겠다. 서울역에서 강릉역까지는 딱 두 시간 걸린다. 게다가 서울-부산의 KTX 요금이 6만 원에 육박하는 데 반해, 강릉까지는 그의 반값도 안 되는 2만 8천 원이다(그마저도 시간대에 따라 할인 가능).

　　강릉역에서 내려 차로 10분도 안 되는 거리에 바다가 있고, 맛있는 음식점도 많고, 평창 동계올림픽을 거치면서 새 호텔들이 많이 들어서 전반적으로 숙박료도 저렴하다. 게다가 커피, 순두부, 서핑이라는 명확한 컨셉까지 갖춰 관광지로 손색이 없다.

그러나 요즘 젊은 사람들은 편의나 맛집만 고려하진 않는다. 사진이 예쁘게 나오는 스팟들이 있느냐, 그리고 내 취향에 맞는 힙한 가게들이 있느냐도 주요 고려 대상이다. 통영을 예로 들어보자. 통영에는 항구도 있고, 케이블카도 있고, 이순신 공원도 있다. 하지만 젊은 사람들이 가장 많이 찾는 곳은 동피랑 벽화마을과 그 근처 특색 있는 카페들이다. 이렇듯 여행 트렌드를 보면 멋진 경치와 먹거리만으로는 충분치 않다. 젊은 여행자들에게 특별한 경험을 줄 수 있는 힙한 공간들이 중요하다.

＊

현재 강릉엔 젊은 사람들이 운영하는 힙한 가게들이 많이 들어서고 있다. '커피의 도시'라는 별명에 어울리게 시내 곳곳에서 소규모 로스터리를 함께 운영하는 카페들과 각자의 취향을 잘 살린 독특한 카페들을 많이 찾아볼 수 있다.

특히 내가 주로 있던 동네 명주동이 이런 카페들의 메카다. 일제강점기 오래된 목조 가옥을 개조한 카페 오월, 80년대 부잣집 주택 인테리어를 연상시키는 명주배롱, 외관은 무척 낡았지만 내부 2층으로 올라가면 귀여운 소품을 곳곳에 비치하고 모던한 느낌으로 꾸며놓은 봉봉방앗간, 어두워진 저녁에 조명을 켜면 분위기가 기가 막히게 좋은 새바람이오는그늘까지, 명주동 카페들은 각자의 멋을 드러낸 공간으로 여행객의 사랑을 받고 있다.

　　카페는 아니지만 강릉스럽지 않은 먹거리를 내세워 힙한 강릉을 만드는 데 일조하는 가게들도 있다. 대표적으로 카멜브레드와 오트톡톡이 있다. 카멜브레드는 사장님 한 명이 운영하는 곳이라 웨이팅도 길고 주문 후 대기 시간도 좀 있지만, 먹어보면 만족할 만한 샌드위치를 제공한다. 이곳의 시그니처 메뉴는 잠봉뵈르 샌드위치로, 바게트를 반으로 갈라 잠봉(얇게 썬 햄)과 버터만 들어갔을 뿐인데 짭짤함과 고소함이 어우러져 정말 맛있다.

　　특히 귀염 터지는 소품으로 장식한 인테리어와 식기류가 너무 예뻐 사진을 여러 장 찍지 않을 수가 없다. 강릉에서의 즐거운 한때가 알록달록한 색감의 사진으로 남는데, 긴 대기시간쯤은 충분히 견딜 수 있다는 것이 가본 이들의 중론.

　　카멜브레드 바로 옆에 위치한 오트톡톡은 그릭요거트와 그래놀라 전문점으로, 보통 이곳에서는 그래놀라와 과일을 토핑으로 올린 요거트 볼을 많이 먹는다. 예쁘게 데코한 요거트 볼과 음료는 심플하고 세련된 식기에 제공되어, 메뉴가 나오면 손님들이 사진 찍느라 정신이 없다. 미리 알아보고 오는 손님들은 카멜브레드와 오트톡톡을 코스처럼 연이어 방문하기도 한다.

　　음식점 외에 독특한 경험을 할 수 있는 공간들도 있다. 중

독특하면서도 포근하게 꾸며놓은 카멜브레드 내부.

앙시장 근처에 있는 희나리는 본래 강릉 지역의 유명한 카바레였다. 강릉의 어르신들은 적어도 한 번은 이곳에 놀러와 춤을 추고 놀았다고 한다. 강릉 어르신들의 추억의 장소 희나리는 현재 젊은 여행객들을 위한 공간으로 다시 태어났다.

이곳에 처음 갔을 때는 '대체 여기가 뭐하는 곳이지?' 싶었다. 들어서자마자 80년대 시티팝이 들려오고 50평쯤 되는 널찍한 공간에, 홀에 있는 테이블 위를 비추는 주황색 조명이 몽롱한 분위기를 조성했다. '이곳은 뭘 하는 공간이냐'고 물으니 '일상에서 낭만을 찾는 여행자들을 위한 아지트이며, 강릉과 여행을 컨셉으로 한 각종 굿즈를 전시 및 판매하고, 손님들이 편히 쉬며 음료를 마실 수 있는 곳'이라는 설명이 돌아왔다.

요새 생기는 힙한 공간들의 특징은 '한 마디로 규정할 수 없다'는 것이다. 희나리 또한 그렇다. 언더그라운드 클럽 같기도 하고, 80년대 감성을 가미한 주점 같기도 하고, 강원도와 관련된 귀여운 굿즈가 있는 편집샵 같기도 하다. 혹은 근처 중앙시장에서 산 음식을 가지고 와서 맥주와 곁들여 먹을 수 있는 가맥집 같기도 하고. 사실 이 모든 게 합쳐져 독자적인 색을 만들어내는 것이다.

강릉에서 만난 웹예능 PD와 이곳에서 사진을 찍으며 한참 놀았다. 조명이 좋아서인지 찍는 사진마다 분위기가 살았다. 왠지 강릉의 원래 이미지와는 사뭇 다른 이 공간이 앞으로 또 생겨날 독특한 곳들의 기반이 될 것 같다는 생각이 들었다.

알록달록한 빈티지 컬러로 꾸며놓은 희나리.

강원도 로컬색이 묻어나는 굿즈를 진열해놓은 코너.

강릉에는 요즘 타지에서 온 젊은 사람들이 창업하는 경우가 부쩍 늘었다고 한다. 이들이 강릉에 어떤 매력을 더할지, 이로 인해 또 어떤 독자적인 로컬 문화가 만들어질지 기대된다.

♪ 오늘의 음악 ｜ 김현철-오랜만에

27

사람을 만나려면
낯선 곳으로 가는 게 좋다

강릉이라고 하면 많은 사람들이 경포대나 순두부를 떠올릴 것이다. 서핑이나 커피를 떠올리는 사람도 꽤 있을 거고. 하지만 난 '강릉'이라고 하면 파도살롱을 떠올릴 것이다. 그만큼 내 강릉생활에서 파도살롱이 차지하는 의미는 크다.

파도살롱은 약 60평 넓이의 공유 오피스로, 독립된 사무실 2개와 개인 좌석 및 공용 테이블을 합해 약 40~50명 정도가 동시에 일할 수 있도록 조성되어 있다. 넉넉한 업무공간에 에스프레소 머신과 널찍한 쇼파, 큐레이션이 잘 된 서재, 간식 보관 냉장고, 간단한 문구류까지 군더더기 없이 딱 필요한 시설을 깔끔하게 갖췄다. 공용 탁자 위 화병에는 늘 싱싱한 생화를 꽂아놓고, 커다란 초록 식물로 전체적인 분위기를 상큼하게 유지한다.

이 공간은 강릉에 근거지를 둔 더웨이브컴퍼니가 운영한다. 처음엔 이 회사가 위워크나 패스트파이브처럼 공유 오피스를 운영하는 업체인 줄 알았는데, 알고 보니 지역 창업가 컨설팅과 지자체와 연계한 지역 문화 사업 등 넓은 범위의 일을 하고 있었다. 이곳의 대표는 91년생이고, 전 직원 평균 연령이 20대 후반으로 젊다.

처음 이들과 남경막국수에서 점심을 먹을 때 '이 분들 너무 … 젊다'고 생각했다. 하지만 생각보다 말이 잘 통했고, 대화가 즐거웠다. 하긴, 서울에서 학교 졸업하고 연고도 없는 강릉으로 훌쩍 내려온 직원들이 나와 말이 통하지 않을 리 없다. 결국 우린 비슷한 스타일이니까. 다만 나는 먼 길을 돌아온 것에 반해, 이 똑똑한 젊은이들은 자기 성향과 능력을 일찌감치 파악해서 그에 걸맞은 커리어를 쌓고 있었다.

이들은 각자 캐릭터도 뚜렷하다. 사람 잘 챙기고 일 잘하는 파도살롱 매니저 JB(@jibaikchoi), 창업 후 회사를 빠른 속도로 키우고 있는 대표 지우킴(@jiwookim91), 내가 아는 사람 중 가장 인터뷰를 잘하고 멋진 글을 쓸 줄 아는 승희(@nowhere_thenthere), 사람 기분을 좋게 하는 능력과 감각이 있는 디자이너 하니(@hani.onthewave), 예쁜 굿즈를 솜씨좋게 만들어내고 볼 때마다 속으로 '귀엽다'고 생각했던 디자이너 나영(@100naaa0), 온갖 재밌는 드립을 구사하고 손이 빠른 디자이너 썬키스트(@sk_0731), 아는 게 많아서 뭘 물어봐도 늘 정확한 답을 해주는 이사 챙스(@laims2), 예술을 사랑하고 강릉 사랑이 남다른 탐식가(@ta mshikga), 독특한 유머감각에 사진을 멋지게 찍는 진픽(@jin._.pic).

이들에게는 단순히 '젊음'으로 규정할 수 없는, 경쾌하고 밀도 있는 분위기가 있다. 시작한 지 3년 차에 돌입한 젊은 회사지만 앞으로 기대가 되는 이유는 바로 이들이 가진 가능성 때문이다. 예전 회사에서 일할 때 직원들의 얼굴을 보면 보통 '시키니까 하는 거다, 까라면 까야지 뭐, 언제 그만두냐' 같은 표정이었다. 그런데 이들의 얼굴에서는 '재밌겠다, 해보고 싶다, 할 수 있다'는 표정과 눈빛을 읽을 수 있었다.

사실 회사 대표가 아무리 멋진 비전을 세우고 브랜딩을 해도, 결국 그 안을 채우는 사람들이 어떤 생각이냐에 따라 회사의 발전이 결정될 수밖에 없다. 회사라는 실체 없는 존재에 숨을 불어넣는 건 결국 사람이므로.

한편, 사람은 끼리끼리 모인다고 했던가? 비슷한 라이프 스타일을 추구하는 사람들이 전국에서 파도살롱으로 모여들었다. 그중 브랜드 마케터와 웹예능 PD인 E와는 단시간에 무척 가까워졌다. 며칠 동안 함께 밥 먹고 차 마시고 산책하며 수다를 떨었다. 죽이 척척 맞았다. 서로 가치관과 성향이 비슷해서 그런 듯 싶다. 남들 – 주류의 사람들 – 시선에서는 별로거나 불가능한 것들에 대해 다른 생각을 가진 것도 그렇고, 일 좋아하는 것도 그렇고, 해보고 싶은 일이 잔뜩 있어서 끊임없이 실행하는 것도 그러했다.

파도살롱 테이블에는 늘 꽃이 있다.
꽃을 바꾼 날마다 수첩에 아카이빙을 해놓는 세심함도!

이곳에서 만난 웹예능 PD가 준 메모와 작은 선물.
이걸 받는 순간 '우리는 말이 통하겠구나' 하는 확신이 들었다.

이들과 대화하면서 머릿속에 함께할 만한 프로젝트가 계속 떠올랐다. 일을 하려고 사람과 가까워지는 건지, 사람과 가까워지려고 일을 만들어내는 건지 모르겠다. 그만큼 마음 맞는 사람과 뭔가를 해보고 싶은 욕심이 많다. 이들이 강릉을 떠나기 전 프로젝트를 함께해보기로 구체적으로 계획을 짜고, 서울에서 또 만나기로 했다.

장소와 환경은 그 자체로는 의미가 없다. 그 환경이 어떤 사람을 불러모으는지, 그 안에서 무엇을 할 수 있는지가 중요하다. 그런 의미에서 강릉은 멋진 사람들을 만나게 해준 지역으로, 공간이 가진 큰 힘을 느끼게 한 의미 있는 곳으로 남을 것이다.

♪ 오늘의 음악 　|　 Oasis - Live Forever

28

오죽헌에서

2019년, 나는 남편을 장기 파견으로 해외에 보내고 1년간 나홀로 워킹맘 생활을 했다. 처음 남편이 회사에서 해외 파견에 선발됐다는 사실을 알렸을 때, 나는 1분도 고민하지 않고 기회를 놓치지 말고 가라고 했다. 한편으로는 상대적으로 만족스럽지 못한 내 회사 생활이 그의 성취와 비교가 되어 질투와 부러움이 섞인 오묘한 감정이 가슴 한구석에서 싹텄다. 겉으로는 쿨한 척하며 남편을 먼 곳으로 보내면서, 속으로 이렇게 자격지심에 힘들어 했으니 나는 좋은 아내는 아니다.

나는 남편과 결혼을 결심하면서, 남편과 아이를 독립된 인간으로 인식하고 그들의 성취를 내 성취로 착각하지 않는 사람이 되고 싶다는 포부를 가졌다. 그래서 남편이 출국한 뒤 몇 개월 지나 이직을 했고, 그렇게 이직한 직장에서 조직 적응에 실패했다.

남편 인생에서 가장 반짝이는 순간을 가장 멀고도 가까운 곳에서 지켜보며 이직한 직장에서 힘겹게 하루하루 버티자니 내 인생의 바닥을 이렇게 보는구나 싶었다. 연말에 남편이 한국에 돌아오자 마자 퇴사를 결정했다. 조직에서 받은 상처와 피로감으로 너덜너덜해진 나를 보고 남편도 더 이상 퇴사를 만류하지 못했다.

퇴사를 결심하고, 어린이책 번역 수업을 신청했다. 2019년 한 해 동안 고생한 나 자신에게 주는 선물이라고 생각했다. 오랜만에 진짜 해보고 싶은 일을 하면서 돈과 시간을 써보고 싶었다. 번역 수업을 듣고 공부하는 것 외에는 퇴사 후에 대한 어떤 계획도 세우지 않았다.

코로나19의 창궐은 계획에 없던 사건이었다. 사회적 거리두기로 번역 수업은 휴강을 반복했고, 계획에 없던 가정 보육이 추가됐다. 번역이나 영어공부는 점점 더 뒷전으로 밀려났다. 그렇게 아이를 두 달 가까이 집에서 끼고 지냈다.

아이 옆에서 아무것도 못하고 마냥 누워 있던 날, 지쳐서 아이와 제대로 놀아주지 못하고 영상만 보여준 날, 삼시 세끼를 내 손으로 해먹이기 힘들어서 인스턴트와 외식으로 끼니를 해결한 날, 그런 날이면 내가 너무 나태한 엄마인가 반성하느라 잠이 오지 않았다.

'최소한 이 정도는 놀아줘야지, 이 정도 밥은 해줘야지' 하는, 누구도 정하지 않은 내 마음 속 가이드라인을 지켜야 집에서 할 도리는 하고 있는 것 같았다. 어떤 날은 다이어리에 아이 먹일 삼시 세끼 식단표와 놀이 계획을 빼곡하게 적어보기도 했다.

번역 수업이 다시 시작되면서 나는 결국 아이를 긴급 보육에 보냈다. 답답한 마스크를 쓰고 다섯 시간씩 유치원에 있을 아이를 떠올리면서 그 시간에 더 열심히 번역 공부에 몰두했다. 아이가 돌아온 시간에 온전히 아이에게 집중할 수 있도록, 아이에게 미안한 만큼 그 시간에 더 열심히 공부를 했다. 그렇게 4월이 되고, 번역 수업은 종강을 했다. 수업 마지막 과제로 작성한 번역 기획안을 여러 출판사에 보냈지만, 거절 메일만 받으며 쓸쓸히 잊혀졌다.

*

무너진 자존감을 다시 세우려 애쓰던 6월의 어느 날. 남편과 〈알쓸신잡 강릉편〉을 보고 있었다. 출연진들이 오죽헌을 방문해 신사임당을 소개하는 안내판을 보며, 그녀를 현모양처이자 율곡 이이의 어머니로만 부각한 것을 핏대 세워가며 지적하는 모습이 나왔다. 나도 같이 마음이 불편해졌다.

이후, 난 방송에서 지적한 안내판이 바뀌어 있을까 궁금했다. 인터넷 검색을 하지 않고 직접 확인하고 싶었다. 남편에게 여름 휴가를 강릉으로 가자고 했다. 그 무렵 강릉에서 한달살기를 하는 아뉴의 인스타그램을 구경하며 강릉 여행을 나도 모르게 원하고 있던 것 같다.

그렇게 우리 가족은 7월에 강릉으로 2박 3일의 짧은 여름 휴가를 떠났다. 여행 이튿날, 한낮의 오죽헌으로 향했다. 한여름 오죽헌은 초록으로 가득했다. 한낮이라 해는 뜨거웠지만, 그늘이 많고 구름이 적당히 있어 다닐 만했다. 가끔 부는 바람이 아주 시원해서 땀을 식혀주는 느낌이 좋았다.

연잎이 가득한 연못과 고즈넉한 정자에서는 대충 찍어도 예쁜 사진이 나왔다. 정자 아래에서 남편과 아이의 인생샷을 남기며, 여기 오길 잘했다며 스스로 뿌듯해했다. 드디어 문제의 안내판 앞에 서서 신사임당을 소개한 문장을 확인했다.

'신사임당은 조선시대 예술가이다.'

첫 문장을 보는 순간 안도감이 밀려왔다. 다행이다. 이 나라 최고의 현모양처, 훌륭한 대한민국 어머니의 시표를 벗어던진 신사임당에 대한 설명을 읽어내려가며. 홀가분해지는 기분이었다. 비록 방송의 힘이라도 안내판이 변화된 모습을 보니 내 마음에 있던 무거운 짐이 벗어지는 것 같았다. 여전히 '가장 모범적이고 현숙한 여성 중 한 명' 같은 문구가 눈에 띄었지만 그래도 그녀를 바라보는 시선이 예전과는 달라진 걸 알 수 있었다.

그렇게 오죽헌을 거닐며 색다른 신사임당을 상상하고, 새로운 각오로 다짐도 해봤다.

'그래, 2020년에 코로나19 바이러스로 난리일 때 자식 키우면서 자기 좋아하는 그림 그리려면 신사임당인들 별 수 있었겠어. 더군다나 내가 신사임당처럼 온 세상이 알아주는 현모양처가 될 것도 아니고, 뛰어난 예술가로 이름을 날릴 것 같지도 않은데, 이 시기를 조금 더 마음 편히 즐기며 보내보자.'

나는 8월부터 아이를 주 5일 종일반에 보내기로 했다. 코로나19로 인한 힘든 시간이 언제 끝날지 알 수 없고, 나 역시 번역가 지망생으로 언제까지 시간을 보낼지 모르겠다.

육아와 내가 하고 싶은 일 사이에서 줄다리기를 하느라 다시 힘든 날이 올 때면 오죽헌에서 본 안내판을 다시 떠올리게 될 것 같다. 그 안내판 앞에서 느낀 해방감과 안도감이 내 안에서 오래도록 잊혀지지 않고 기억되면 좋겠다. 그래서 가끔 힘들 땐 어느 한 쪽을 놓아도 괜찮다고 나를 다독이고 싶다.

♪ 오늘의 음악　|　Auli'i Cravalho - How Far I'll Go

29

일상과 여행의 경계,
그 어디쯤에서 발견한 것들

'열심히 일한 자, 떠나라'했던가. 회사에서 3달 동안 진행했던 프로젝트가 끝나고 야근한 시간 만큼 대체휴가를 받았다. 휴가가 무려 14일이나 나온 것을 보고 지인들은 좋겠다고 부러운 시선을 보냈지만. 그 시절을 떠올리면 정신이 아찔해진다. 얼마나 야근을 많이 했으면 하루 이틀도 아닌 2주나 나왔을까….

밤을 꼬박 새는 스케줄이 몇 차례 이어지고, 주말마다 회사로 출근하면서 내 라이프 스타일은 엉망이 되었다. 밤낮이 바뀌는건 당연지사, 먹고 자는 생활 패턴이 오로지 일에 맞춰 움직였다. 내가 어떤 삶을 추구하는 사람이었는지, 그 방향대로 잘 살고 있는지 생각할 여유도 없어 조금씩 나를 잃어버리는 기분이 들었다.

그때의 울적함과 고생했던 기억을 다독이듯 꿀 같은 휴가가 나왔으니 "이왕이면 야물딱지게 써보자!" 힘차게 다짐했다. 그런데 밀린 미드 보기 외에 하고 싶은 게 번뜩 떠오르지 않았다. 분명 일이 몰아칠 땐 〈프로젝트 끝나면 이건 꼭 해야지〉리스트를 다이어리에 빼곡하게 채웠는데 막상 시간이 주어지니 무엇부터 해야 할지, 어떻게 하면 휴가의 뽕(?)을 뽑을 수 있을지 부담이 앞섰다. 고기도 먹어본 사람이 잘 먹는다는 속담이 딱 이럴 때 쓰는 거겠지. 여유도 가져본 사람이 잘 누리나 보다. 이건 어떨까 저건 어떨까 며칠을 계획만 세우다가 우연히 SNS에서 한 게시글에 시선이 꽂혔다.

'오늘은 해변으로 퇴근합니다.'

퇴근을 해변으로…? 그게 가능한가? 3초간 생각이 정지되었다. 나의 라이프 스타일에서는 생각해보지 못했던 단어들의 조합이라 전혀 상상이 가질 않았다. 자세히 보니 일주일 또는 한 달 동안 강릉의 공유 오피스 '파도살롱'을 무료로 이용할 수 있는 프로그램 홍보글이었다. 숙박비나 교통비, 식비는 본인 부담이지만 게시글에 적힌 '본격 리모트워크 시대, 강원도에서 찾는 진짜 워라밸'이라는 문구에 마음이 홀랑 넘어가버렸다.

소설 〈연금술사〉를 쓴 작가, 파울로도 말하지 않았나. "여행은 언제나 돈의 문제가 아니고 용기의 문제다." 비용 걱정보다 재밌어 보이는 영화의 예고편을 본 듯한 호기심으로 심장이 두근거렸다. 강릉에서 어떤 시간을 보내건, 지금의 일상과는 다른 새로움을 발견하고 싶었다. 그렇게 아는 사람 한 명 없는 '강릉에서 일주일 살기'가 시작되었다.

*

 강릉에 도착한 첫날부터 마음껏 여행자 모드로 지냈다. 혼자 KTX도 처음 타보고, 강릉역에서 뻔하긴 하지만 설레는 마음으로 인증 사진도 찍었다. 서울의 빌딩보다 한참 낮은 건물들 뒤로 푸른 하늘과 검은 산맥이 겹겹이 보이는 강릉의 한적한 분위기가 걸을 때마다 새로웠다.

 매일 아침 6시에 자연스레 눈이 떠져 동네를 산책하며 그날의 할 일을 정했다. 어느 날은 이른 오전에 동네 공예방에서 라탄 원데이 클래스를 들었고, 다른 날은 근처 해변으로 훌쩍 서핑을 하러 가기도 했다. 무엇보다 걷거나 자전거를 타며 이곳의 로컬 공간들을 마음껏 누볐다. 떠나기 전 일주일 동안 강릉에서 어떤 일을 할까 생각하며 스스로에게 몇 가지 질문을 했다.

 '내가 좋아하는 게 뭐였지? 나는 어떤 게 궁금하지? 무엇에 매력을 느끼지? 어떤 걸 더 잘하고 싶지?'

 이런 질문에 원초적 끌림으로 답하며 정한 내 일은 '강릉의 로컬 공간에서 발견한 매력과 생각을 글과 사진으로 기록하기'였다. 회사 일이 아닌 '나의 일'을 위해 하루에도 로컬 공간 3~4곳을 방문하느라 발에 물집이 가실 날이 없었지만 그 과정이 마냥 즐거웠다.

6일차 저녁, 그동안 방문했던 공간에 대한 글을 쓰며 문득 이런 생각이 들었다.

'강릉에 산다는 거 되게 용기 있어 보인다. 나라면 서울이 아닌, 다른 지역에서 사는 걸 선택할 수 있을까? 내게도 그만한 용기가 있을까?'

쉽게 대답하지 못했다. 지금 내가 가진 자유와 떨림은 여행자이기에 느끼는 감정일지도 모른다는 생각이 들었다. 그렇게 강릉에서의 마지막 밤이 다가오던 중, 먼저 한달살기를 하고 있어 친해진 아뉴가 솔깃한 제안을 했다. 계획보다 일찍 서울로 돌아가게 되었는데, 혹시 쓰던 방을 며칠 쓰지 않겠느냐는 거다.

세상에나. 고민할 이유도 없이 덥석 OK를 했다. 우연한 기회를 마주했을 때, 바로 실행할 수 있다는 짜릿함. 영영 잊을 수 없을 것이다. 그렇게 7일살기가 10일살기가 되고, 이번엔 남은 날들을 서울의 나날처럼 살아보기로 했다. 사실 여행자 모드일 때는 낮에는 여러 공간을 돌아다니고 밤에 글을 썼기에, 일상의 감각을 느끼려면 출퇴근이 아니겠나 싶어 아침부터 파도살롱으로 향했다.

아침 아홉 시, 책상에 앉아 노트북을 펴는 순간 우울함이 나를 덮쳤다. 나는 여전히 강릉에 있는데, 서울에서 느꼈던 우울함과 똑같은 감각에 순간 당황스러웠다. 그 우울함을 자세히 들여다보니 '서울이냐, 강릉이냐'의 문제가 아니라 한곳에 얽매여 있는 느낌에서 비롯된 감정이었다. 자유를 빼앗긴 느낌. 온전한 자유를 느끼기 전에는 당연하게 넘겼을 감각이었다. 하지만 이제는 당연하게 여기고 싶지 않았다. 여행과 일상의 경계, 그 어디쯤에서 발견한 나의 지표였다.

강릉에서 지내면서는 누구를 만날지, 무엇을 먹고 볼 것인지, 그날의 감정을 어떻게 기억할 것인지 오로지 내 취향과 선택으로 구성할 수 있었다. 이전에는 내 의지와 상관 없이 아침 9시부터 저녁 6시까지의 출퇴근이 일상을 정의하는 시작점이었다면, 지금은 "내가 가장 생산적이고, 즐거운 마음으로 일할 수 있는 시간과 장소는 어디인가?"라는 질문에서 시작할 수 있다는 것을 깨달았다.

라이프 스타일을 구성하는 질문이 이외에도 얼마나 더 다양할 수 있을까 궁금해졌다. 나에 대한 질문의 답을 찾고 싶은 마음, 그것이 어쩌면 나를 다시 강릉으로 이끌게 될 용기일지도 모른다는 생각이 들었다.

명주동 산책 중 발견한 칠사당.

시원한 음료를 마시며 이것저것 끄적여본다.

휴가가 끝난 후, 서울역에 도착하자마자 엄마에게 전화를 걸었다. 수화기 너머 "이제 좋은 날은 다 갔네!"라는 엄마의 말에 이상하게도 이제 시작이라는 느낌이 들었다. '내가 좋아하는 것들을 놓치고 싶지 않아. 어떻게 하면 더 나에게 맞는 삶을 만들어 갈 수 있을까?'

강릉을 떠나기 전 모호했던 방향들이 선명한 질문들로 내 안에 채워졌다. 여전히 여행을 떠나기 전과 똑같은 일상이 나를 기다리고 있지만 내 라이프 스타일은 서울역에 도착한 순간부터 새로운 지표를 중심으로 미세 조정되고 있었다.

새로운 여행이 시작된 듯, 또 한 번 심장이 두근거린다.

♪ 오늘의 음악 ｜ The Durutti Column-Otis

30

한달살기를 끝내며

강릉에서의 한 달을 기록해 책으로 내라고 제안한 건 꽃천재이자 내 절친 조사장(@arvo_flor)이었다. 강릉의 맛집이나 관광지가 아닌 '생활자로서의 강릉 한달살기'가 궁금하다는 거다. 아마나라면 이걸 책으로 쓸 수 있을 것 같다고 말했다. 20년이 넘는 시간 동안 내 가능성과 숱한 삽질을 목격한 사람이므로 믿고 따를 수밖에. 그날 당장 〈독립생활자의 강릉일기〉로 가제를 정하고, 하루에 한 꼭지씩 써나갔다.

*

강릉에 오기 전 서울에서 무척 바빴다. 좀 외롭기도 했다. 코로나19 때문에 나가지도 못했고, 몇 달간 골방에 틀어박혀 600페이지가 넘는 거시경제학 책 작업을 했으니까. 인고의 시간이었다. 그러다 5월 말에는 책 작업을 어느 정도 마무리하고 후반 단계만 남겨 놓고 있었다. 그런데 강릉에 온 지 얼마 안 된 시점에 프로젝트에 문제가 생겼다. 생각보다 사태는 심각해 프로젝트가 무산될 위기에 빠졌다. 계약과 원고개발까지 하면 거의 3년에 걸친 프로젝트였다.

'이제 어떡하지?'

만약 서울이었다면 무기력하게 방에 쳐박혀서 고양이를 끌어안고 핸드폰 게임이나 하고 있었을 거다. 그동안 들인 시간과 노력을 아까워하면서. 하지만 강릉의 바이브는 나를 그렇게 하도록 내버려두지 않았다. '기운이 빠지긴 하는데… 바다가 지척에 있는데 늘어져 있으면 나만 손해지. 바다에서 일단 실컷 놀자. 마침 휴가철이니 지인들도 몽땅 불러가지고. 그리고 핫하다는 명주동 로컬숍들도 돌아다녀볼까? 힘차게 흐르는 남대천길도 매일 산책해야지. 해질녘에는 바다로 피크닉도 갈 거야.'

그렇게 새로운 환경에 나를 맡겼다. 강릉 시내 이곳저곳을 하루에 1만 보씩 걷고, 틈이 나면 바다로 놀러 나갔다. 맛집도 열심히 찾아다녔다. 저녁에는 침대에서 핸드폰 게임을 하고 영화를 보고 가끔 홈트 영상을 틀어 운동을 했다.

마음에 여유가 생기니 이런저런 기획거리가 머릿속에 떠

올랐다. 뭐, 최악의 상황이라 해봐야 프로젝트가 엎어지는 것밖에 더 있어? 그러자 신기하게, 새로운 기회들이 보였다. 몇몇 기회는 운명이라고 말할 수밖에 없는 절묘한 우연이 겹쳐진 것들이었다. 손에서 하나를 놓으니 새로운 기회들이 찾아왔고, 게다가 이전 프로젝트보다 더 끌리는 것들이었다.

골방에 틀어박혀 꾸역꾸역 작업할 때와 비교도 할 수 없이 일사천리로 일이 진행됐다. 역시 과감히 놓을 줄 알아야 해. 사람들은 끝까지 하는 것의 미덕을 찬양하지만, 돌아보면 난 늘 도망쳤을 때 일이 잘 풀렸던 것 같다. 역시 너무 버틸 필요는 없어(아빠가 인상 찌푸리는 소리가 들리는 듯).

✳

무엇보다 좋았던 건 여기서 만난 사람들이다. 더 정확히는 이들이 들려준 이야기다. 강릉 거주자들, 타지에서 놀러온 지인들, 여기서 처음 만난 사람들이 들려주는 이야기를 열심히 들었다. 적극적으로 청하는 만큼 사람들은 더 깊은 이야기를 들려줬다. 서울에서 온 지인들은 평소 잘 하지 않던 이야기를 해줬다. 일로 만난 사람들과 사적인 고민을 주고받았다. 처음 만난 사람들은 오히려 지인들에겐 잘 털어놓지 못하는 이야기를 내게 했고, 우린 사회적 모습보다 서로의 민낯을 먼저 보았기 때문에 단시간에 가까워졌다. 이들의 이야기는 내가 삶을 돌아보고 미래를 그려보는 시점에 아주 중요한 역할을 했다.

역시 사람이 최고다. 3년 전 뉴욕에서 한 달 살 때는 맛집에 가도, 짱짱한 아티스트가 나오는 락페에 가도(이 커다란 페스티벌에 혼자 온 사람은 진정 나밖에 없었다), 뷰 좋은 곳에서 술을 마셔도 별로 즐겁지 않았다. 함께 나눌 사람이 없었기 때문이다. 멋진 경치도, 산해진미도 함께할 사람이 있어야 완성되는 것 아닐까.

낯선 곳에서 누군가와 관계 맺는 건 즐겁다. 이곳이 아니었으면 몰랐을 사람들. 강릉을 이렇게 좋아하게 된 건 이곳에서 만난 사람들 덕분이다.

인생을 성찰하려면 '여행을 떠나라'고들 한다. 하지만 난 '낯선 곳에 살아보라'고 하고 싶다. 여행을 하면 계속 매일 다른 곳을 찾아 돌아다닐 수밖에 없다. 고로 관심이 자꾸 외부로 향하게 된다. 하지만 낯선 환경에서 한 달 동안 사는 건 삶의 연장이면서, 새로운 삶의 가능성을 보는 일이기도 하다. 강릉에서 머무르며 이전에는 상상하지 못했던 지방 소도시의 삶을 꿈꿔보게 되었다. 퇴사 후에 느낀 '회사 없는 인생도 가능하네?'는 이제 '꼭 서울에서 안 살아도 되네?'로 진화했다.

아마 당분간은 서울에서 살 것이다. 지금까지처럼. 그러나 생각지 못했던 가능성을 알아버리면, 세상이 이전과 같아 보이지 않는다. 꼭 회사에서 일할 필요가 없고, 꼭 서울에서 살 필요가 없다는 걸 알았다. 이젠 뭘 깨달을 차례일까?

✻

일기는 일기장에 쓰라는 말도 있는데, 일기를 책으로까지 내게 도와준 더웨이브컴퍼니 식구들, 특히 책과 굿즈를 예쁘게 디자인해준 하니와 나영, 강릉에서 귀찮은 일을 도맡아 도와준 JB, 강릉에 와서 놀아준 것도 모자라 글까지 써줘야 했던 지인들, 강릉 한달살기의 싹을 틔워주고 제주도 여행을 함께 가는 걸로 교열비를 퉁쳐준 은인 Y, 이 책을 기획해주고 세세한 디렉션까지 해준 소중한 평생칭구 조사장, 늘 용기를 주는 김밥싸기님에게 감사를 전합니다.

♪ 마지막 음악 | 이적 - 걱정말아요 그대

책을 쓰며 들은 음악들

〈연희동 편집자의 강릉 한달살기〉
OST 들으러 가기!

연희동 편집자의 강릉 한달살기
– 서울을 떠나면 알게 되는 것들, 강릉 한 달의 기록

2020년 9월 18일 초판 1쇄 인쇄
2020년 9월 25일 초판 1쇄 발행

지은이 아뉴
디자인 김하은
편 집 양양
마케팅 이승준
펴낸곳 왓어북
펴낸이 안유정

등록번호 제2020-000038호
이 메 일 wataboog@gmail.com
팩   스 02-6280-2932
ISBN 979-11-963416-7-1 03810

*이 책은 〈Magazine 033 vol.1-033 Gangneung〉을 일부 참고했습니다.
*이 책은 2020년도 강원 작가의 방(Gangwon Story House)사업을 통해 집필되었습니다.